Aislada

Amanda Seibiel

1º Edición: diciembre 2021

ISBN: 9798779503532

AISLADA

Sinopsis

Samantha Nelson, escritora neoyorquina de éxito, ha roto con su pasado y, tras un doloroso divorcio y con más de cuarenta años, se retira a una cabaña de Canadá, en mitad de la nada y aislada entre la nieve. Allí, con la compañía de sus pensamientos y el único contacto exterior de su representante y amiga Irene, quiere escribir su última novela, ahora bajo el seudónimo de Samuel Hans. Una mañana, tras hacer la limpieza diaria de nieve para despejar el camino, encuentra a un hombre malherido en su cobertizo. Le han propinado una paliza y, tras darlo por muerto, lo han abandonado allí. Con la ayuda de Sheila, alcaldesa de Oblivion Town, el pueblo más cercano, Samantha logrará que aquel hombre salve la vida, pero los golpes en la cabeza le han provocado amnesia. ¿Quién es? ¿Cómo ha llegado hasta ahí? ¿Por qué está despertando en ella sentimientos que creía ya enterrados?

Cuando te quieras a ti misma, como tú te desvives por lo demás, entonces es cuando todo puede ser posible.

Oblivion Town

Vivir en Canadá no es fácil y menos en invierno, cuando las temperaturas son muy bajas y apenas se ve la luz del día. Si a eso le sumas que tu casa pertenece a un pueblo que se llama Oblivion (El olvido), pues apaga y vámonos. Pero es lo que yo escogí después de mi divorcio. Y de eso hace ya cinco años.

Antes vivía en un lujoso ático de Nueva York con vistas a Central Park, pero, cuando abrí los ojos a la realidad, vi que toda la chusma que me rodeaba, debido a mi fama como escritora, era pura falsedad. Descubrí que los que yo consideraba amigos solo estaban allí por puro interés y nunca se molestaron en conocerme. Entonces, me di cuenta de que vivía una pura mentira y me derrumbé.

Mi marido me engañó todo lo que pudo y más, hasta que toqué fondo y rompí con mi antigua vida. Tuve una crisis existencial muy fuerte y lo dejé todo. Me divorcié, preparé una maleta y me mudé a una cabaña en Canadá, al pueblo más inhóspito y aislado del mundo: Oblivion Town.

Cambié mis vestidos de lentejuelas y firmas caras por pantalones de pana y camisas de cuadros. Tengo una escopeta colgada en la pared, un huerto y unas vistas inmejorables a un lago en el que no hay dios que se meta. A lo único que no he renunciado es a mi trabajo. Adoro escribir y sigo creando historias desde este lugar olvidado de la mano de Dios; solo que ahora utilizo un seudónimo y vivo en el anonimato. Es un cambio radical, pero soy feliz.

También tengo una camioneta y una moto de nieve. No me faltan comodidades y estoy lista para quedarme aislada. Oblivion Town está a quince kilómetros y la privacidad se paga cara, aunque a mí me lo traen todo a casa.

Fui a terapia y me diagnosticaron un estrés muy agresivo con fobia a la gente. Puedo hablar y relacionarme con algunas personas, pero me entiendo mejor conmigo misma. Me hicieron mucho daño y me dejaron marcada para el resto de mi vida. Aquí pude recomponerme; en plan ermitaña, aunque valió la pena.

Esta soy yo, Samantha Nelson. No me arrepiento de haber venido a esta cabaña perdida del mundanal ruido. Lo único que echo de menos es no haber llegado antes y estar ahora empezando con la premenopausia. Compruebo que se me ha pasado la vida muy rápido y todo basado en una puñetera mentira. Lo bueno es que, como aquí hace tanto frío, cuando me da algún sofoco, casi que se agradece.

Me levanto de madrugada, como prácticamente todos los días, y enciendo la chimenea del salón. Fuera ha caído una nevada impresionante. Desayuno un café caliente y luego me pongo las botas de agua y el abrigo gordo. Cojo la pala que tengo detrás de la puerta y casi me es imposible abrirla, porque la nieve la tapona. Empujo con fuerza y empiezo a abrir camino sacando la nieve de la entrada. Palazo a palazo, logro abrir un sendero desde la cabaña de madera hasta el lago. Hace un frío de mil demonios, pero yo ya estoy sudando.

—Maldita menopausia —gruño en voz baja.

Me seco el sudor de la frente y lo único que consigo es mojarme más con la nieve que llevo en los guantes.

Aprieto los dientes enfadada y luego me río, pues es una estupidez enfadarme yo sola.

Regreso por el camino despejado y voy al cobertizo que tengo detrás de la casa a por más leña seca. Siempre tengo provisiones de todo. Cuando llego, levanto la pala de manera amenazante, ya que me encuentro a un hombre tirado en el suelo junto a mi casa. Lo observo y bajo la pala. Veo que está herido, con una brecha en la cabeza. Se ve que lo han molido a palos. Lo toco con el pie y se cae hacia delante, pero oigo que gruñe, así que está vivo.

—¡Mierda! Con lo grande que es el puto mundo y tienes que venir a caer a mi casa.

Saco el teléfono vía satélite y hago una llamada. Aquí los móviles brillan por la ausencia de cobertura.

—Hola, Samantha, ¿necesitas algo del pueblo? —me pregunta Sheila Allen, amiga y, además, enfermera, alcaldesa, sheriff, profesora... Es la multiusos del pueblo.

—Te necesito a ti. Tengo a un moribundo al lado de mi casa. Si no vienes rápido, no creo que respire por mucho tiempo.

—¿Qué me estás contando? ¿Y cómo ha llegado ahí?

Suelto un bufido de hastío.

—Sheila, si lo supiera no te llamaría —le respondo con ironía.

—Salgo para tu casa ahora mismo.

—Lo meteré dentro, si es que llega vivo.

—¡Mira que eres bruta!

Cuelgo el teléfono y cojo la carretilla que uso para llevar la leña.

El tío es alto, está fuerte y, además, es un peso muerto. Tumbo la carretilla y consigo meter medio cuerpo.

—¡Joder! ¿Es que todo me tiene que pasar a mí? —digo, mirando al cielo a ver si me responden, pero nada.

Llevo dentro al moribundo, con las piernas arrastrando por el suelo. Mido un metro sesenta y peso unos cincuenta y seis kilos, y eso porque he engordado por la puñetera menopausia. Me cuesta mucho llevarlo y más aún meterlo en casa y tumbarlo en el sofá. Pero antes pongo una colcha vieja para que no me lo eche a perder con la sangre.

Miro el reloj, esperando a que llegue Sheila. Hoy hay mucha nieve, así que tardará algo más. Preparo toallas y agua tibia. Le quito la ropa mojada y me quedo pillada viendo el cuerpazo que tiene el condenado. Hace mucho que no cato un hombre y no estoy ciega. Desvío la atención y lo cubro con una toalla. Me centro en su cabeza. Tiene una herida muy fea que requerirá puntos. Mis destrezas son muchas, pero hasta tanto no llego.

El hombre se mueve y abre los ojos unos segundos. Me echo hacia atrás, pues tengo miedo de que reaccione mal. No sé si es un asesino. A saber…

—¿Dónde estoy? —susurra.

—En Canadá —le digo cautelosa.

Me mira extrañado y vuelve a caer en la inconsciencia.

Aprovecho para limpiarle la cara y ponerle una compresa en la herida de la cabeza. Le aparto el pelo oscuro de la cara y… ¡por Dios!, es tan atractivo.

Esto es como poner dulces delante de un diabético. ¿Por qué a mí? De todas formas, no tengo ninguna posibilidad. Este tipo de hombres no se fijan en menopáusicas hinchadas como yo.

Oigo que llaman a la puerta y salgo corriendo a abrir. Es Sheila, que llega con un botiquín en las manos y algunas medicinas.

—¿Dónde está? —me pregunta. Como siempre, lleva la melena castaña perfecta y va maquillada. La nariz respingona le da personalidad.

—En el sofá. Lo he limpiado un poco, pero el golpe más feo está en la cabeza.

Ella se acerca con su elegancia habitual y le echa un vistazo general. Le aparta la toalla del pecho y se le agrandan esos ojos castaños que tiene.

—¡Madre mía, qué ejemplar! —se relame de gusto.

—Eso dije yo. Pero ahora no te distraigas y examínale la cabeza.

—¿Solo la cabeza? —se burla.

—No seas guarrona. Se nota que te hace falta un hombre.

—¡Ja! Mira quién habla. Como si a ti no se te fuesen los ojos.

Pongo las manos en la cintura y la fulmino con la mirada.

—¿Lo vas a curar o a violar?

—De verdad, ¡qué bruta eres cuando quieres!

Hace un ademán con la mano y se pone a examinar a nuestro desconocido macizo, que tiene el cuerpo lleno de moretones y la cabeza abierta. Lo limpiamos entre las dos y Sheila saca hilo y aguja para coserle la herida de la cabeza.

—Parece superficial. Habrá que observarlo cuando se despierte.

—¿Cuando se despierte? No pretenderás que se quede aquí, ¿verdad?

—No tiene documentación encima. Y yo tampoco me lo puedo llevar con el frío que hace. ¿Qué quieres que haga?

—Joder, Sheila. Eres la sheriff, mételo en un calabozo. ¡Yo qué sé!

—Samantha, ¿y si es una víctima? No puedo hacerle eso. Deja que pase aquí la noche y ya vamos viendo.

—¡Claro! ¿Y si es un terrorista o algo parecido?

Ella se ríe.

—Creo que sabrás apañarte… Coge la escopeta que tienes ahí en la pared y verás que este pobre hombre no se mueve del sofá. Tiene todos los músculos golpeados. Lo derribarías de un plumazo.

Entrecierro los ojos y la observo.

—Lo que pasa es que te ha gustado y no quieres que se vaya —le espeto.

—¿Y a ti no? —dice.

Me quedo callada, porque no sé qué responder.

—¿Has terminado? —pregunto para cambiar de tema.

—Ya está. Llámame en cuanto esté despierto o si tiene algún otro síntoma.

—¿Como cuál?

—Vómitos, fiebre…

—Espera, espera… ¿Ahora tengo que hacer de niñera?

—No te cuesta nada. Te pones a trabajar en la mesa del salón y lo ves por si se mueve. No te vas a enterar ni de que está.

—Esta me la pagas, Sheila —gruño.

—Cielo, vino a tu casa, no a la mía. Te veo más tarde, si puedo.

Y luego se va tan tranquilamente.

Empiezo a caminar delante del desconocido. Me llevo el pelo detrás de la oreja. Tengo mil preguntas en mi cabeza, pero no tendrán respuesta hasta que se despierte. Y eso si no se muere en mi sofá. Parece salido de uno de mis libros.

Voy hacia la mesa del salón y saco el portátil. Empiezo a escribir y me sumerjo en mi historia. De vez en cuando levanto la vista para observar si se mueve, pero no hay ningún cambio. Así que sigo trabajando y me olvido por completo de él.

Instinto

Llevo toda la mañana escribiendo y el tío no se ha movido ni un milímetro. Hago mi descanso habitual al mediodía y me acerco para ver si sigue respirando.

Lo hace.

Voy a la cocina y pongo a calentar un poco de estofado que dejé preparado anoche. Regreso al salón y echo más leña al fuego para que la cabaña siga calentita. Hasta cierto punto, soy una mujer organizada. Me gusta tener de todo y soy muy precavida. Gracias a Dios, dinero no me falta, pues mi trabajo da para vivir muy cómodamente, aunque ahora nadie sabe quién soy.

Escribo bajo el seudónimo de un hombre, Samuel Hans, y soy tan famosa o más que antes, solo que ahora mi privacidad es absoluta. Para eso tengo a mi representante, Irene García, quien se encarga de todo. Menos mal que la tengo a ella lidiando con los fans y las editoriales. Me gestiona todo y me ingresa los cheques religiosamente. Yo solo tengo que escribir y entregarle los manuscritos cuando los termino. Formamos un tándem maravilloso.

Me acerco de nuevo al desconocido que tengo postrado en mi sofá y le toco la frente por si tiene fiebre. Al contrario, lo noto frío. Voy a mi habitación y cojo una manta gruesa de lana y se la echo por encima con cuidado. No puedo evitar sentir lástima por él, al verlo tan desvalido y luchando por su vida. De pronto, abre los ojos y reculo dos pasos hacia atrás.

—A-gua… —titubea.

Regreso a la cocina en volandas y lleno un vaso. Luego se lo llevo.

—Tranquilo, te lo voy a dar despacio. No intentes nada —le advierto.

Le levanto la cabeza con sumo cuidado y él hace una mueca de dolor. Apoya los labios secos y agrietados en el borde del vaso y apenas da un par de sorbos.

—Gra-cias… —balbucea otra vez.

Y cierra los ojos de nuevo.

Tengo un mal presentimiento. Creo que este hombre no va a sobrevivir. Así que llamo de nuevo a Sheila.

El teléfono da varios tonos, pero al final contesta.

—¿Ha habido alguna novedad con nuestro paciente? —me pregunta nada más descolgar.

—Será tu paciente. Para mí es un okupa.

—Ya empezamos… —suspira.

—No lo veo bien. Me ha pedido agua y se ha vuelto a quedar dormido. No tiene buen color.

—¿Le has comprobado la fiebre?

—No tiene. Más bien, está frío. Lo he tapado con una manta.

—Bien hecho. No te preocupes; si pasa de hoy, se pondrá bien.

—¿Cómo que si pasa de hoy…? ¿Estás loca? —me enervo.

—Samy, no tiene nada roto. Solo ha recibido una paliza y le he cosido la brecha de la cabeza. Solo necesita descansar y recuperarse.

—¿Has investigado si ha habido algún accidente cerca de aquí o alguna desaparición? —inquiero.

—Pues claro, ¿por quién me tomas? No hay ningún aviso y, como no tiene documentación, no sé dónde buscar. Desde luego, de esta zona no es. Un poco misterioso sí que resulta todo.

—Como sea un puto terrorista… —gruño.

—No lo es.

—¿Cómo lo sabes?

—Instinto. Tiene cara de buena persona.

—Fíate tú del instinto —me burlo.

—Mójale los labios con un algodón empapado en agua para que no se deshidrate. Que esté cómodo tumbado y, si se despierta, llámame.

—Sí, mamá —le digo irónica.

—Ese hombre fue a dar a tu casa por algo. Quizá es el destino.

Sheila se ríe. Cuelgo bruscamente y lanzo

una maldición al aire. El destino se olvidó de mí hace mucho tiempo.

Me siento a comer en la cocina y, cuando termino, friego lo poco que he ensuciado. Fuera sigue nevando y es un paisaje que nunca me canso de ver. Cojo la cajetilla de tabaco y salgo a la entrada. Me enciendo un cigarro y lo saboreo. Empecé a fumar cuando me divorcié y tampoco lo hago mucho, solo cuando me altero o estoy nerviosa. Y está claro que tener a ese tipo en mi sofá no me da ninguna tranquilidad.

El aire gélido me da en la cara, pero yo sigo disfrutando de mi cigarrillo rubio hasta que lo termino y me meto de nuevo en casa. Cuando me doy la vuelta, el moribundo está sentado en el sofá, mirándome totalmente desorientado.

Mi corazón se pone a mil y desvío la mirada hacia la escopeta que tengo colgada en la pared. Él ve mis intenciones y levanta dolorido una mano.

—Tranquila, no voy a hacerte daño... —dice con la voz ronca—. Apenas puedo moverme.

Mantengo la distancia de seguridad y me quedo en la puerta.

—¿Quién eres y por qué has venido a parar a mi cabaña?

Niega con la cabeza.

—No lo sé, no recuerdo nada. ¿Podrías darme un vaso de agua? Me duele la garganta.

—¿Eres un terrorista?

Sus ojos se abren como platos.

—¡Por Dios, no! No sé quién soy, pero sé que no soy una mala persona.

—Eso no puedes saberlo si no recuerdas quién eres —le replico.

—Tienes razón. No sé quién soy, no recuerdo cómo he llegado aquí, pero te prometo que no voy a hacerte daño. Coge la escopeta que tanto miras, si eso te da más tranquilidad, pero luego dame agua, por favor.

Le hago caso y echo mano de mi escopeta.

Después voy a la cocina y le acerco el vaso de agua sin perderlo de vista.

—Traga con cuidado o vomitarás —le aconsejo.

Me mira con curiosidad.

—Gracias.

Bebe a sorbos pequeños. Parece que esté saboreando uno de los mejores vinos del mundo. No puedo evitar mirar cómo se relame los labios. Es algo muy erótico y siento vergüenza por pensar eso.

Me da el vaso vacío y se acuesta dolorido en el sofá.

—¿No sabes cómo te llamas? —pregunto.

—No. No recuerdo absolutamente nada de mi vida. Está todo en blanco…

—Voy a llamar a mi amiga, la sheriff, para decirle que ya estás despierto.

Se incorpora con un alarido de dolor.

—¿La sheriff?

—Sí, ella fue quien te cosió la cabeza —le informo.

—¿Y si vienen a por mí de nuevo?

Lo miro con desconfianza.

—¿No dices que no recuerdas nada?

—Así es. Pero es evidente que me han dado una paliza y que han querido matarme.

No puedo salir a ciegas sin saber quién soy y enfrentarme a lo desconocido.

Entiendo su situación, pero no es mi problema.

—Lo siento, pero la sheriff es la única que te podrá ayudar. Confía en mí.

Asiente con la cabeza.

—¿Cómo te llamas?

Me ruborizo como una niñata.

—Soy Samantha —le digo muy seca.

—Yo no puedo darte un nombre. Pero gracias por recogerme y cuidarme. Te debo la vida.

Otra vez el rubor sube a mis mejillas.

—No iba a dejarte tirado en la nieve como a un animal. Esto es Canadá.

—¿Canadá?

—Sí, estás en un lugar recóndito de Canadá.

Se lleva las manos a los ojos.

—No sabía que fuera canadiense.

—Y no lo eres. Ese acento tuyo es neoyorquino. Te lo digo yo, que viví allí toda mi vida.

—¿Y cómo he venido a dar aquí?

—¿A mí me lo preguntas? —le respondo. Luego me echo a reír.

—Lo siento, estoy muy confuso.

—Voy a llamar a Sheila. Ella es la única que puede ayudarte.

—¿La sheriff?

—Sí, además es enfermera y muchas cosas más.

—Vale.

Cierra los ojos y dormita de nuevo.

Llamo a Sheila, que esta vez me responde al momento.

—¡Dime!

—Tenemos un problema de los gordos —le suelto de golpe.

—¿Se ha muerto?

—No. Mucho peor. Se ha despertado y tiene amnesia. No sabe quién es ni recuerda nada.

—Madre mía, voy para allá.

—Sí, vente, que esto se está poniendo interesante.

Cuelgo el teléfono y me acerco al amnésico.

Duerme de nuevo. Le aparto el pelo de la cara y le mojo los labios secos con el algodón húmedo.

—¿Por qué te han hecho esto…? —susurro.

Y no puedo dejar de mirarlo. Sé que no es un terrorista. Sheila tiene razón. El instinto también me dice que tan solo es una buena persona que ha tenido muy mala suerte.

Ese tío no es nadie

Sheila llega a mi casa y nuestro amnésico vuelve en sí. Ahora nos mira a las dos, más confundido que nunca. No quisiera verme en su pellejo, pero tampoco es un marrón que me corresponda. Mi amiga se acerca a él con cautela.

—Hola, soy Sheila Allen y solo quiero examinarte la herida de la cabeza. ¿Puedo?

Él asiente y ella se coloca unos guantes de látex y empieza a mirarle la herida que le había cosido esta mañana.

Luego le palpa la cabeza con suavidad en busca de más golpes o heridas que se le puedan haber escapado o escondido a causa de la sangre.

—¿Y bien, doctora? —pregunta él.

Sheila se ríe por cómo la ha llamado.

—No soy médico, aunque estudié dos años de medicina. Lo dejé y opté por la enfermería, pero tengo los conocimientos básicos. Creo que deberías ir al hospital. No puedo saber si tienes un hematoma o un traumatismo, aunque, con lo que has sangrado, lo dudo.

—¿Voy a recuperar la memoria? —le pregunta.

—No tengo ni idea. He leído mucho sobre estos casos y, así como se va, suele volver. Por lo que dicen tus golpes, has sufrido una paliza casi mortal. Quizá tu cerebro no quiera recordar y bloquea tus recuerdos, pero, sin hacerte más pruebas, es difícil saberlo —le explica.

—Si han querido matarme y no han venido a por mí, es que creen que estoy muerto —deduce.

—Probablemente —le da la razón mi amiga.

—Pues esperaré a recuperar la memoria. No voy a salir y ser un blanco fácil ante personas que ahora mismo no reconozco —dice él, tajante.

—Puedo ayudarte. Tengo contactos en la policía que podrían protegerte y averiguar quién eres —insiste Sheila.

—Por favor, no me tiréis a los leones.

Mi amiga me mira y yo levanto los hombros, preguntándome qué coño quiere que haga.

Me coge del brazo y me lleva hasta mi habitación para hablar conmigo en privado.

—¿Qué quieres, Sheila? —le pregunto—. Llévatelo y que averigüen quién es. No es mi problema.

—Sabes que soy sheriff y te daría la razón en un caso así, pero algo me dice que este hombre es inocente y que debemos protegerlo.

—¿Cómo dices?

—Tengo que averiguar quién es antes de tirarlo a los leones, como dice él.

—¿Y qué pretendes que haga yo?

—Que dejes que se quede contigo y que se recupere.

—¿Estás loca?

Me pone las manos sobre los hombros.

—Ponte en su lugar. Olvidar quién

eres, tu nombre, tu familia, tu vida… Está completamente perdido y hay alguien que lo quiere muerto.

—Eso son conjeturas nuestras —contesto—. Quizá salió de excursión, se perdió y le atacó un oso.

—Samy, si hace reposo y está aislado, es probable que recupere la memoria. Tú sigue a lo tuyo y déjalo descansar. No creo que te dé mucho trabajo. Además, no te vendrá mal un poco de compañía.

—Estás de coña, ¿verdad? —digo, mirándola furiosa.

—No, no lo estoy. Vives en un enclave ideal para que nadie lo encuentre.

—¿Y si vienen a por él y me pongo en peligro yo?

Sheila suelta una carcajada.

—Pobre del que se arrime a tu casa. Saldrá con un balazo en el culo, seguro. ¡Quién diría que vienes de Nueva York!

Se ríe a mandíbula batiente.

—Ya, él también es de allí… —le digo.

—¿Cómo lo sabes?

—Por su acento. Reconocería a un neoyorquino a kilómetros. Esto me huele mal. Vengo escapando de la gente y ahora pretendes que viva con un desconocido sin nombre —gruño irritada.

—Pues ponle uno. Imaginación no te falta.

—No me vaciles, Sheila.

—Falta un mes para Navidad. Haz una buena obra y no dejes a este tipo en la calle. Seguro que Santa Claus te lo agradecerá —añade con una sonrisa burlona.

—Yo no creo en los milagros navideños. Soy escritora, invento historias y eso solo ocurre en los libros, no en la vida real, ¿recuerdas? —Me toco la sien con el dedo.

—Nunca se sabe —dice ella, encogiéndose de hombros.

—Sheila, tienes que llevártelo —insisto.

—Tiene que quedarse. Además, tu casa es grande y tienes un cuarto de sobra para él. No seas gruñona. Se nota que la menopausia te está afectando.

—Serás hija de p… —empiezo a decir, pero me muerdo la lengua.

Levanta el dedo y me lo pone delante de la nariz.

—Samantha Nelson, no se hable más. Ese hombre se queda y yo te ayudaré con él. Intentaré averiguar quién es sin levantar muchas sospechas. Sé buena persona, amable y cuídalo. Las cosas pasan por algo, así que, si ese hombre cayó del cielo al lado de tu cabaña, por algo será.

Aprieto los labios, porque no quiero discutir más con ella. Tengo la batalla y la guerra perdida.

—Está bien, me quedo con Jason Bourne hasta que se recupere.

—¿Cómo lo has llamado? —inquiere.

—Ya lo has oído. Jason Bourne también perdió la memoria. A ver si este la recupera como él —le explico, hablándole del personaje de la película.

—Eres de lo que no hay… Quédate con Jason y ya está, ¿vale?

—No me dejas otra alternativa. Ahora sí, a la mínima cosa rara que vea, le planto un tiro entre las cejas.

Sheila suelta un suspiro y regresa al salón junto a nuestro particular Jason Bourne.

—¿Habéis decidido algo sobre qué hacer conmigo? —pregunta el ahora bautizado Jason.

—Te quedarás con Samantha hasta que te recuperes. Yo investigaré con discreción. Cualquier cosa que recuerdes, apúntala en un cuaderno o dísela a Samy.

Me mira con cara de interrogación.

—Solo ella me puede llamar así —le advierto, con tal de que no coja confianzas.

—Entendido —acepta sin rechistar.

—Como no sabemos tu nombre, te vamos a llamar temporalmente Jason. ¿Te parece bien? —le pregunta mi amiga.

—Es un nombre. Por lo menos, ya es algo —accede sin problemas.

—Os dejo material para que Samy te haga las curas en la cabeza por si yo no puedo venir todos los días. No la cabrees y ten paciencia con ella —le dice la muy descarada.

—Oye, que aquí el intruso es él… —recrimino ofendida.

—A eso me refiero —susurra, como si yo no la oyera.

Por primera vez, Jason esboza una tenue sonrisa. Es guapo a rabiar. Las dos nos quedamos mirándolo embelesadas.

—Gracias a las dos. Os daré el menor trabajo posible.

—Eso espero —gruño de nuevo.

—¿Tienes hambre? —le pregunta Sheila.

—Un poco —contesta él azorado.

A mí me salen los colores por no haberle ofrecido comida. Voy a la cocina corriendo a por un poco de estofado.

—Maldita sea —digo por lo bajo.

Sheila está muy encantadora y yo quedo como la gruñona menopáusica y antipática que soy.

Encima, ella va vestida impecable, con sus pantalones para la nieve de color rosa y una cazadora a juego, la melena perfecta y maquillada para la ocasión. Yo, sin embargo, voy desaliñada, con un peto de pana y una chaqueta gruesa de cuadros que me hace más gorda de lo que ya estoy. Parezco una marimacho al cien por cien. Mi autoestima acaba de bajar como la bolsa en su día más negro.

Vuelvo al salón con el plato de comida y Sheila me lo quita de las manos para darle de comer ella con todo el cariño del mundo. No lo soporto más. Cojo mi cajetilla de tabaco y salgo a la calle. Está nevando, pero no me importa.

—¿Adónde vas con este frío? —me pregunta doña Perfecta.

—A fumar un cigarro —contesto con mal talante.

Cierro la puerta y me relajo aspirando el humo hacia mis pulmones. Luego lo suelto lentamente, como si estuviera haciendo ejercicios de respiración en una meditación.

«¿Me he puesto celosa de Sheila?», pienso. «No, eso es imposible. Ese tío no es nadie».

Pasito a pasito

Entre Sheila y yo cambiamos a Jason al cuarto de invitados, que está pegado al mío. Allí estará más cómodo y, además, tiene al lado el aseo principal de la cabaña. Yo usaré el mío mientras él conviva conmigo. Odio encontrarme levantada la taza del váter. Había olvidado lo que era vivir con alguien y ahora me toca esta lotería.

Cuando el señor está acomodado en su cama de matrimonio y arropado, salimos de nuevo al salón.

—No me puedo creer que esté haciendo esto… —resoplo enfadada—. Me divorcié de un imbécil y ahora meto a un inútil desmemoriado en mi casa. El karma me odia.

—No seas así, mujer —dice Sheila—.

Estamos ayudando a alguien en apuros.

—Menuda policía estás hecha tú. Encubriendo a un sin papeles magullado y desmemoriado. Verás como terminamos mal... Esto solo nos va a traer problemas —insisto.

—Tranquila, Samy, parece mentira que escribas libros de acción, thrillers y cosas más retorcidas. ¡Si esto parece una historia sacada de un libro tuyo!

—Pues precisamente. En mis libros siempre pasan cosas malas y más aún a las que meten las narices donde nadie les llama.

—Uf, me cansas.

Hace un aspaviento con la mano.

—Serás borde.

—No soy borde. Solo que las cosas son más simples de lo que parecen y a ti te gusta poner el grito en el cielo por nada.

Parpadeo varias veces para salir de mi asombro. Le señalo con el dedo índice la puerta de la habitación donde está el tío herido.

—Ahí dentro hay un moribundo desmemoriado al que puede que anden buscando para rematarlo —contesto alzando la voz—. ¿Te parece poca mi preocupación?

—Tranquila, yo os protegeré.

—¡Claro! Ya estoy menos preocupada… ¡Pero la que se queda con él soy yo!

Sheila se da la vuelta y se encara conmigo, chocando su prominente nariz con la mía.

—¡Está bien, pesada! ¿Quieres que me lo lleve al calabozo? ¡Pues me lo llevo! A ver si te baja la regla o si se te va de una puñetera vez. ¡No hay ser humano que te aguante! —me grita.

Va decidida hacia la puerta del dormitorio cuando la agarro por la chaqueta y la detengo.

—¡Espera! No lo molestes ahora. Está muy cansado —digo, bajando el tono de voz.

—¿En qué quedamos? ¿Me lo llevo o se queda?

Me está echando un pulso y la muy cabrona vuelve a ganar.

—Se queda —respondo—. Siento hablarte tan mal, pero tienes razón, las hormonas me están matando.

Ella sonríe triunfal y me da un abrazo.

—Tranquila, te traeré algo de la farmacia para que te calme esos sofocos y te estabilice el ánimo. Tú trabaja y échale un ojo de vez en cuando. Estoy segura de que no te incordiará demasiado. También traeré ropa para él. No te preocupes por nada.

Ya vuelve a ser feliz.

—Vale, tú ganas…

—Me voy. Tengo un mogollón de cosas que hacer en Oblivion Town. Ya sabes que, aunque seamos cuatro gatos en el pueblo, todos recurren a mí.

—Lo sé.

—No comas dulces y haz ejercicio —me recuerda.

—Lo intentaré.

—Y llámame para cualquier cosa.

—No dudes que lo haré.

Sale de casa y yo la acompaño.

Ahora ya no nieva, pero casi no hay luz. Sheila va en su moto de nieve último modelo y desaparece de mi vista enseguida.

De nuevo dentro, avivo el fuego y me pongo

a preparar la cena. Hoy tengo que cocinar para dos. Prepararé una sopa de verduras calentita y algo de queso para picar. Ni siquiera sé si le gustará a Jason. «¿Y por qué tiene que importarme?», pienso. «Que coma lo que haya. Solo me faltaba eso».

Me pongo a la tarea y dejo la cena a fuego lento para que se vaya haciendo poco a poco. Necesito una ducha imperiosamente y lavarme el pelo grasiento y pegajoso de la nieve.

Voy a mi habitación y entro en el cuarto de baño. Me desnudo y abro el grifo para que vaya saliendo el agua caliente. Con la nieve, las tuberías tardan más en calentarse. Me miro al espejo y hago una mueca de desagrado. Tengo un poco de tripa y la celulitis en el culo es bastante notoria. Aparto la mirada.

Tan solo unos meses atrás lucía un cuerpo impresionante. Ahora, con la retención de líquidos y el cambio hormonal, me doy asco al mirarme al espejo. Mi autoestima, simplemente, no existe. Entro en la ducha y dejo que el agua caliente corra por mi carne, que ya no está prieta como antes. Me enjabono la melena y luego el cuerpo. Es un alivio, pues últimamente me canso más. Tendré que hacerle caso a Sheila y tomarme en serio lo de hacer ejercicio. Me compraré una cinta o una bici para casa.

Salgo de la ducha y me seco. Normalmente, me pondría el pijama gordo, viejo y afelpado, pero hoy me apetece no parecer tan masculina y bruta. Me pongo uno azul de algodón fino que lleva pingüinos estampados y me aliso el pelo. Hacía siglos que no me peinaba la larga melena. Me echo crema en la cara y un poco de perfume. Me siento limpia y reconfortada. Luego me coloco una bata gorda de andar por casa, pues el frío aquí no perdona.

Entonces voy a la cocina para ver cómo va la sopa. Huele muy bien. Me sirvo una copa de vino blanco y me siento en el sofá. Esto no es precisamente hacer ejercicio, pero es mi momento de relax. Y lo sería si no fuera porque oigo que Jason me llama desde el dormitorio de invitados. Aprieto los dientes y dejo la copa encima de la mesa del salón. Abro la puerta y allí me lo encuentro, sentado en la cama.

—¿Qué pasa, Jason?

Sonríe y se me estremece el cuerpo. No puedo evitarlo. Me mira fijamente.

—Me hace gracia cuando me llamas así, porque no sé si se parecerá a mi nombre verdadero.

—Si quieres, te lo cambio. Puedes hasta escogerlo tú, si te apetece —le respondo, toda borde.

—Ya veo que, aun poniéndote guapa, tu carácter no cambia.

Se ha fijado en mi aspecto y en que estoy distinta. Mi corazón se dispara, pero tengo que mantenerme firme.

—¿Necesitas algo? —corto el buen rollo.

—No quiero molestarte, pero necesito ir al baño. He intentado levantarme, pero no me sostengo de pie yo solo.

—Vaya, yo te ayudo.

Me dirijo hacia él y el olor que emana es nauseabundo. Hago una mueca con la cara.

—Una ducha o un baño no me vendría

mal tampoco —dice, percatándose quizá de mi gesto.

—Te prepararé un baño —contesto—. Creo que lo necesitas imperiosamente.

Lo ayudo a levantarse y se apoya en mí. Es muy alto y yo demasiado baja para soportar tanto peso. Entonces recuerdo que en el cobertizo hay unas muletas de cuando me torcí el tobillo nada más llegar, porque no controlaba el tema de caminar por la nieve. Lo siento de nuevo en la cama.

—Espera un momento —le digo—. No puedo contigo, pesas demasiado para mí.

—No sé si aguantaré…

Me acerco a la cocina y agarro una botella de plástico de agua para reciclar. La cojo y se la llevo.

—Tendrás que apañarte con esto hasta que venga. Voy a salir un segundo.

—¿En serio?

Me mira asombrado.

—En serio —respondo y le guiño un ojo.

Me calzo las botas de agua y me pongo el

chaquetón para la nieve por encima. Salgo y ya se está formando una buena capa en el camino que limpié esta mañana, ya inexistente.

Voy hacia el cobertizo y consigo entrar. Busco entre los trastos y encuentro las muletas. Sonrío triunfal. Me las llevo y regreso a casa. Me quito el abrigo y las botas y me pongo las zapatillas de pelo calentitas y luego la bata. Voy a la habitación y veo la botella llena con la orina de Jason.

—Sí que tenías ganas… —No puedo evitar reírme—. He ido a buscarte unas muletas para que te puedas apoyar con mi ayuda y así también empezarás a moverte, aunque es pronto. Voy a prepararte la bañera y luego te ayudo.

—Ropa de hombre no tendrás, ¿verdad?

Tuerzo la boca en una mueca.

—Pues va a ser que no. Buscaré algo mío que te apañe. Mañana, Sheila te traerá algo decente que ponerte.

—Dios mío, no puedo creer que me esté pasando esto —susurra.

—Entiendo que para ti sea difícil, Jason,

pero a mí no me hace ninguna gracia tenerte aquí, te lo aseguro. Soy una persona que valora su intimidad y privacidad por encima de todo y tú me las estás alterando.

—Siento mucho ser un estorbo, pero es que no sé ni qué decirte. No sé ni mi puto nombre.

Rompe a llorar y eso sí que me toca el corazón.

Me siento a su lado en la cama y pongo mi mano en su hombro.

—Todo se solucionará de una u otra manera. Estás confuso y herido. Voy a prepararte el baño y luego cenaremos algo caliente. Mañana será otro día y quizá todo sea distinto. Vayamos pasito a pasito, ¿te parece?

Levanta la mirada y me clava esos ojazos marrones.

—Está bien. Pasito a pasito, pero no me hagas mear de nuevo en una botella de plástico, ¿te parece?

Suelto una carcajada. Este tío empieza a caerme bien.

—Te lo prometo.

Me levanto y voy hacia el baño de invitados. Abro el agua y espero a que salga caliente y dejo que se vaya llenando la bañera. Tardará un poco, así que regreso a la habitación para ayudar a Jason y traerlo al baño.

—Vamos a intentarlo de nuevo —le digo.

Se sienta en la cama y le doy las muletas para que se apoye en ellas. Yo estoy pendiente de él para que no se caiga. Lo ayudo a incorporarse y, con un quejido, consigue ponerse de pie.

—¡Lo logré! —exclama, contento y dolorido.

—Mira si puedes caminar. Yo estoy a tu lado, tranquilo.

Empieza a arrastrar los pies lentamente y llegamos al cuarto de baño.

Se sienta sobre la tapa del inodoro y no me queda otra que desnudarlo, pues él apenas puede moverse. Cada movimiento le supone una tortura y su cuerpo está negro de los moretones que tiene.

—Gracias por ayudarme —me dice en un hilo de voz.

—No me queda otra. Si no, Sheila me mata.

—Igualmente, gracias a las dos.

Asiento con la cabeza.

—Tienes toda la ropa manchada de sangre y pegada a la piel. Voy a tener que cortarla para no hacerte daño —le informo.

—Haz lo que creas conveniente. Siento ponerte en este aprieto.

—No importa. Lo importante es que te pongas bien y sepamos quién eres y quién te ha hecho esto.

Cojo unas tijeras del cajón y empiezo a cortarle el pantalón de lo que antes era un traje. Y muy caro, por cierto. Veo de reojo las muecas de dolor que hace, pero no se queja. Aguanta estoicamente, como un valiente. Logro quitarle el pantalón. Tiene las piernas hechas un cuadro, igual de negras que el resto del cuerpo. Se me encoge el corazón. Tengo que desnudarlo del todo, como a un bebé, y siento pudor por él. Es un hombre en manos de una desconocida y totalmente vulnerable. No puedo hacerle eso.

—Apóyate en mí y métete en el agua —le

digo—. Ya está bien de temperatura. Luego te quitas el bóxer cuando ya estés limpio.

Veo el agradecimiento en sus ojos.

Con una esponja muy suave empiezo a enjabonarle la espalda, el pecho, los brazos, las piernas… Así todo el cuerpo. El agua tiene el color del cobre. Jason cierra los ojos y disfruta de ese placentero baño que le quita el olor a muerte de encima. Mis ojos se empañan de lágrimas y siento una pena horrible por él. ¿Cómo un ser humano puede hacerle algo tan horrible a otro? Y más a él, que es tan hermoso y se ve tan débil.

Abro el agua y con el teléfono de la ducha le lavo la cabeza con sumo cuidado. Evito darle por donde tiene los puntos y sale más color a muerte y violencia de esa maraña de pelo. Ahora está limpio y huele a vida y salvación. Quito el tapón para que toda esa mala energía y mugre se vaya por el desagüe y dejo el teléfono de la ducha manando agua tibia.

—Aclárate con cuidado mientras busco algo que ponerte. Cuando venga, te quitas esos calzoncillos mugrientos. Si necesitas ayuda, yo lo haré, ¿vale?

Abre los ojos y sonríe agradecido.

—Nunca olvidaré esto, Samantha. Eres una mujer especial. Gracias.

Hace que me tiemblen las piernas de la emoción.

Salgo de allí en busca de algo que pueda ponerse. Busco y rebusco en mi habitación, pero no hay nada que le encaje. Al final, encuentro una cosa: una camiseta enorme que me traje de recuerdo de un viaje a San Francisco. Como ropa interior tendrá que usar uno de mis pijamas viejos y estirados. Y eso si le entra.

Regreso al baño y me lo encuentro como Dios lo trajo al mundo. Ha conseguido librarse de la mugrienta ropa interior. No hago aprecio ni le doy importancia. Cojo una toalla enorme y se la echo encima. Me inclino sobre él para levantarlo y, con todo el dolor de mis riñones, lo consigo.

—Espero que te guste San Francisco y la ropa de mujer. Es lo único que puedo ofrecerte hasta mañana.

—Estará perfecto.

Lo ayudo a ponerse la camiseta y los pantalones de mi pijama. Le vienen justos y le hacen un culo espectacular. No puedo evitar reírme de sus pintas.

—¿Estoy mono? —bromea.

—Ni te lo imaginas.

Suelto una carcajada y él lo intenta también, pero está demasiado dañado para reírse.

—Lo siento —dice, como disculpándose por no seguirme el ritmo.

—¿Tienes hambre?

—Mucha.

—Eso es bueno. Vamos al salón y te serviré la cena. En cuanto comas y descanses, mañana serás otro hombre.

—Con estas pintas, lo dudo —vuelve a bromear.

Lo miro fijamente y la verdad es que es muy guapo el jodido. Debe de tener mi edad, aunque ahora es difícil saberlo.

—Al final, me vas a caer bien y todo —le

digo.

—Eso espero, porque no sé cómo agradecerte todo lo que estás haciendo por mí.

—Tú ponte bien y recupera la memoria. Seguro que ahí fuera hay alguien esperándote. No me cabe la menor duda.

Se calla y vamos despacio hacia el salón, donde lo ayudo a sentarse.

Yo voy a la cocina. Me siento rara. No es normal que esté a gusto con un desconocido y eso me mosquea. ¿Qué tiene este hombre que le hace tan especial?

Mi mundo y yo

Al día siguiente, Sheila aparece en casa con ropa para Jason. Él duerme todavía y le cuento la odisea que pasé anoche para bañarlo. Se le agrandan los ojos al escucharme.

—¿En serio lo viste desnudo? —me pregunta, muerta de la curiosidad.

Le doy un manotazo en el brazo.

—¿Crees que eso importaba en aquel momento? Me partió el corazón verlo así. ¡Ojalá nunca nos veamos en esa situación! —murmuro enfadada.

—¡Vaya! Al final no eres tan borde y dura como quieres aparentar…

—Parece mentira que no me conozcas, sabiendo toda mi historia y por lo que he pasado. No me gusta la gente, soy antisocial y no me hace gracia tener a nadie en mi casa, pero soy sensible y no me agrada ver sufrir a un ser humano.

Sheila se da cuenta de que ha metido la pata, para variar.

—Lo siento, Samy —dice—. Tienes razón. Me he pasado contigo.

—Da igual.

—Te he traído ropa cómoda y calentita para él y algo bonito que he visto para ti. Necesitas verte guapa —comenta con una sonrisa.

Me pongo colorada y me irrito.

—¿Qué pretendes? No pienso aprovecharme de un pobre desvalido. Además, ese hombre jamás se fijaría en mí. ¿Lo has visto?

Ella asiente.

—Yo te la he traído, nunca se sabe. —Y me guiña un ojo.

—Eres de lo peor. No pienso ponerme nada de lo que haya en esa bolsa.

De pronto, se abre la puerta de la habitación y sale Jason sosteniéndose con las muletas.

Va vestido con la camiseta de San Francisco y mis ridículos pantalones de pijama. Sheila se lleva la mano a la boca para no reventar en una carcajada.

—Buenos días —saluda. Tiene mejor aspecto—. Puedes reírte, Sheila. El modelito que llevo es para hacerlo —dice de buen humor.

—Lo siento, Jason. Es que estás muy…

—¿Mono? —termina él.

Entonces es cuando las dos estallamos en carcajadas sonoras e incontrolables. Él nos ignora y se mete en el aseo. Cuando dejamos de reírnos, mi amiga me mira sorprendida.

—Tiene muy buen aspecto. Le curaré la cabeza y creo que pronto se repondrá —comenta.

—Ya. Lo peor es lo de su memoria. ¿Has averiguado algo? —inquiero.

Niega con la cabeza.

—He hecho una búsqueda por todo el país, por si hubiera alguna denuncia de desaparición que coincida con él, pero nada. Tampoco tengo datos de accidentes cerca de esta zona, ya te lo dije ayer. De todas formas, seguiré buscando.

—Vale, esperemos que vaya recordando algo.

Jason sale del aseo principal de la casa y Sheila le da una bolsa con ropa masculina.

—Creo que con esto te verás mejor. No es lujosa, pero abriga y es lo que necesitas ahora.

—Gracias, Sheila. No sé cómo agradecértelo.

—Pues cambiándote. Luego sal para revisarte la herida de la cabeza. ¿Podrás vestirte solo?

Abro la boca ante el descaro de mi amiga. Jason me mira y aparto la mirada.

—Creo que me las apañaré.

Se lleva el corte de su vida y yo sonrío por lo bajo.

Cojo la cajetilla de tabaco y salgo a fumar un cigarro.

—Te acompaño —alza la voz Sheila.

Salimos a la puerta. Hoy luce el sol tímidamente. No nieva, pero el frío es notorio.

Le doy una calada a mi cigarro y Sheila tose para manifestar que está en contra del tabaco.

—Si no te gusta, ¿para qué te pones a mi

lado? —la regaño.

—Porque me apetecía salir a tomar el aire, no a que me envenenaran.

—Pues sepárate de mí —la increpo.

—Creo que yo no le hago mucha gracia a Jason —me confiesa cabizbaja.

La taladro con la mirada.

—¡Santo Dios, Sheila! ¡Si no recuerda ni su nombre! ¿Crees que ese hombre está pensando en echar un polvo ahora? Puede que esté casado y tenga hijos, ¿no lo has pensado?

—Tienes razón, no lo había pensado. Es que es tan guapo y atractivo… —suspira.

—¿No hay nadie en el pueblo que te pueda hacer un favor?

Ahora la que me fulmina es ella.

—¿Acaso te crees que esto es Nueva York para escoger candidatos? Vivimos en Oblivion Town, ¿recuerdas? Desde que has llegado, ¿cuántos polvos has echado?

Doy una calada profunda al cigarro, muerta de la vergüenza.

—Ya lo sabes —digo—. No pienso contestar

a esa pregunta.

—¡Ja! Pues entonces no piques, guapa.

Llevo cinco años en la sequía más profunda. Si no fuese por mi consolador, sería virgen de nuevo.

—Vamos dentro, me estoy helando —gruño.

Cuando entramos, las dos nos quedamos paralizadas al ver a Jason vestido de hombre. No lleva puesto nada especial, solo un pantalón de pana gris, una camisa de cuadros de felpa y un jersey de lana negro. Pero todas las vírgenes del mundo se abrirían de piernas ante él.

—Voy, voy, a ver-te la herida —titubea mi amiga.

Yo me meto en la cocina a preparar algo y así mejor lo pierdo de vista.

Ellos se sientan en el sofá y oigo que charlan de la herida y del tema de la memoria. Yo no puedo quitarme de la cabeza la imagen de Jason y, lo que es peor, saber que se queda a vivir conmigo. Tengo que ocupar la mente en algo y ese algo es mi trabajo.

Dejo la comida a fuego lento y voy hacia mi

ordenador, pasando por delante de ellos y sin apenas mirarlos.

—¿Dónde vas? —pregunta Sheila.

—Tengo que trabajar. Antes de Navidad debo entregar un manuscrito y voy justa de tiempo —respondo un poco borde.

—¿Eres escritora? —pregunta él.

Resoplo, cansada de perder un tiempo muy valioso.

—Sí, lo soy. Y te agradecería que, cuando esté trabajando, no me molestes para nada. Necesito máxima concentración y cero ruido. ¿Puedes entender eso?

—Claro, no hay problema, no quiero ser un incordio —susurra.

—Tú ahora dedícate a descansar. Todavía estás muy débil —le aconseja Sheila—. Lo mejor que puedes hacer es ir a tu habitación y dejar que Samy trabaje.

—Tranquilas, no os daré problemas —dice tímidamente.

Me siento como una bruja, pero tengo que alejar la tentación y las distracciones de mi cabeza. Esos hombres solo son accesibles en mi mundo, cuando escribo y todo es posible.

—Tienes café caliente en la cocina; coge lo que quieras —le digo para compensar mi mala leche.

—Gracias.

Me pone de mal humor que sea tan jodidamente educado.

Sheila se despide y yo me pongo a trabajar para olvidarme de este mundo y poder meterme en el mío.

Jason se va lentamente a la cocina y yo estoy escribiendo cuando suena el teléfono satélite. Me crispo de los nervios por la interrupción y respondo de muy malas formas.

—¿Quién es?

—Cielo, ¿qué te pasa? Te noto muy alterada —dice Irene, mi representante.

—Lo siento, es que he dormido poco y voy con retraso. Tengo que ponerme las pilas —miento.

—¿Acabarás el manuscrito para Navidad?

—Sí, tranquila. Ya sabes que siempre cumplo los plazos.

—¿No vas a desvelarme nada? Estoy

muerta de la curiosidad.

—Irene, ya sabes que desde que me aislé aquí mis libros son mejores. Este no va a ser una excepción, te lo aseguro. Esta historia es de lo mejorcito.

—Me muero por leerla. Tengo varias ofertas de editoriales y eso sin haber leído todavía el manuscrito.

—Eso es el caché. Si supieran quién soy en realidad…

—De eso quería hablarte —carraspea.

—Tú dirás.

—¿No te has planteado volver a ser quien eras y dejar de firmar tus obras como Samuel Hans? Tus lectores te necesitan…

Se me eriza la piel solo de pensarlo.

—Eso no es negociable —respondo—. Sabes de mi fobia a la gente y no puedo enfrentarme a una marabunta de seguidores. Ese fue nuestro acuerdo: yo seguiría escribiendo si tú te hacías cargo de las redes sociales y de los fans.

Oigo que se calla unos segundos.

—Es importante que sepan quién eres, Samantha —dice luego.

—No es negociable. Si te interesa, bien; si no, lo dejamos aquí mismo.

Es un ultimátum.

—Tenía que intentarlo —dice—. No voy a perderte por nada. Eres la mejor escritora de todos los tiempos. No sé cómo lo haces, pero siempre enganchas al público con tus historias.

—Será porque las vivo y ellos también.

—Eso será. Cuídate, cariño. Espero ansiosa tu manuscrito.

—Adiós, Irene.

Cuelgo el teléfono y me quedo pensativa. No podría volver a ese mundo lleno de mentiras. Fiestas, presentaciones, amigos falsos… y una fama que no me compensa. Aquí estoy sola y feliz. Mis libros y yo. Bueno, y ahora Jason.

Bendita la hora en que apareciste en mi casa

Ha pasado una semana y Jason está prácticamente recuperado de sus heridas. No me molesta cuando escribo y ha empezado a ayudarme en casa: quita la nieve de la entrada, trae la leña para la chimenea y hasta se encarga de preparar la comida. No estoy acostumbrada a que me ayuden tanto y la verdad es que es agradable.

Por las noches, tenemos charlas interesantes y nos bebemos una copa de vino. Hablamos y yo intento que recuerde haciéndole preguntas, pero su memoria sigue igual.

Se ha leído un par de mis libros y está fascinado. Ya tengo un nuevo fan. Por lo menos, no se aburre y ayuda a su recuperación. Encargué una cinta de andar, una bicicleta estática y un juego de pesas para que los dos podamos hacer ejercicio, ya que fuera es imposible por el frío que hace. Hoy nos ha llegado el paquete y Jason se está encargando de montarlo todo. Me está sorprendiendo, porque es un auténtico manitas.

Es sábado por la tarde y se acerca a mi zona de trabajo. Nunca lo había hecho.

—Creo que hoy deberías parar de trabajar —me dice muy serio.

Alzo sorprendida la vista.

—¿Cómo dices?

—Llevas trabajando toda la semana, sin descanso, y sé que me estoy ganando un guantazo, pero si te has comprado todas estas máquinas para hacer ejercicio deberías usarlas, así que levántate y vamos al lío.

Su tono es autoritario. No sé qué se me cruza por la cabeza, pero cierro el ordenador y le hago caso.

—Está bien, tú ganas —accedo a su petición.

Veo que sonríe y me da la mano para que me levante de la silla. Tengo el culo dormido y me duelen las piernas.

—Ponte algo cómodo y unas zapatillas de deporte —dice—. Yo también necesito ponerme en forma. Te voy a acompañar, para que veas que soy solidario.

—¡Ja! Lo que quieres es torturarme. Me duele todo el cuerpo y quieres que me pegue una paliza en esos cacharros.

Se ríe y yo me quedo obnubilada mirándolo.

—Hoy puede que te cueste y seguro que mañana tendrás agujetas, pero luego te sentirás mejor.

—¿Y a ti qué te importa eso? —le pincho.

—Porque me importa y punto. Ve a cambiarte.

Me deja sin palabras y le hago caso.

Voy a mi dormitorio y me pongo unas mallas negras que me marcan el pedazo pandero que tengo ahora. Me coloco una sudadera larga que lo cubra y unas Nike negras que tengo sin estrenar. Me hago una coleta y salgo al salón de las torturas.

Espero a que él venga y, cuando lo veo, me

tambaleo de la impresión. Lleva un pantalón corto de deporte y una camiseta de manga corta que le marca el torso. Está delgado, ha perdido mucho músculo en su recuperación, pero no deja de ser un tío bueno.

—¿No tienes frío? —se me ocurre preguntar.

—Ya entraré en calor. Verás cómo te sobra esa sudadera en menos de diez minutos —me responde sonriendo.

—¿Qué hacemos ahora, maestro? —me burlo.

—Sube a la bici. Te cansarás menos. Y ve a tu ritmo. Yo iré a por la cinta. Luego cambiamos, ¿te parece?

Me encojo de hombros.

Va hacia el equipo de música y lo enciende. Se queda pensativo.

—¿Qué te ocurre? —le pregunto.

—No sé que música me gusta —dice frustrado.

—Pues pon la radio y lo que salga.

Agradece lo que le digo y obedece. Suena una canción de Imagine Dragons que se llama «Believer» y que a mí me gusta mucho. Jason se pone en marcha y empieza a caminar al ritmo de la canción. Yo muevo las piernas en la bicicleta.

—¡Madre de Dios, cómo tira esto! —me quejo.

Él suelta una carcajada y aumenta el ritmo de la cinta andadora. Cuando me quiero dar cuenta, está corriendo y sudando.

¡Qué imagen más erótica!

Pedaleo sin descanso y los chorretones de sudor me caen por la frente y por todo el cuerpo. Me cuesta respirar; esto es una pura tortura. Él corre como una gacela libre en la sabana. Disfruta escuchando la música y creo que es algo a lo que está acostumbrado.

—¿Quieres cambiar? —me dice entre jadeos.

—No, no, sigue —le contesto sin aliento.

Aunque me caiga muerta, no pienso bajar de este trasto.

Ahora suena The Weeknd con «Take My Breath». Yo me aferro al manillar y pedaleo con más fuerza. No siento las piernas y el culo lo tengo tan adormecido que ni siento ni padezco. Estoy al borde del síncope cuando él detiene la cinta. Para mis oídos, es como escuchar música celestial.

—Vamos a dejar esto y estiremos un poco —dice.

—Va-le —respondo. Me tiembla la voz y todo el cuerpo.

Cuando bajo de la bici, me mareo y, si no es porque él me pilla al vuelo, me hubiera caído redonda.

Sus brazos me rodean y yo apoyo las manos en sus bíceps.

—Lo siento, estoy agotada —confieso al fin.

Me sienta en el suelo y sale corriendo a por una botella de agua.

—¿Por qué no me has dicho de parar antes? —me regaña.

Lo desafío con la mirada.

—Porque podía hacerlo y lo he hecho — soy rotunda.

—Eres una cabezona. Podías haberte caído

y hacerte daño. Hay que hacer el ejercicio con moderación y poco a poco.

—Ya veo… ¿Corriendo como tú?

Se lleva las manos al pelo mojado por el sudor y se lo echa hacia atrás.

—Supongo que es algo que hago habitualmente, no lo sé —dice frustrado.

—Yo diría que sí, porque lo haces de maravilla.

Bebo de la botella y recupero el aliento.

—Lo siento, casi te hago daño sin saberlo. Soy un peligro para ti —se disculpa enojado.

—Oye, que soy mayorcita para tomar mis decisiones. Podía haber parado cuando me diera la gana. No quiero que pienses que soy una carroza.

Me clava su mirada.

—Yo jamás pensaría eso de ti. Eres una mujer muy hermosa y joven.

¡La hostia! Casi me atraganto con el agua.

Me levanto como una flecha y me mareo de nuevo. Él me sujeta y nuestras miradas se encuentran. Mi corazón va a mil y esto no puede estar ocurriendo. Es más, no va a ocurrir, porque yo no lo voy a permitir.

Jason se inclina peligrosamente hacia mis labios y estoy que me mojo entera ante el inminente beso que se acerca. Entonces pienso en lo gorda y fea que me siento y se me cruzan los cables. Giro la cabeza y me separo de él.

—Voy a ducharme. Te sugiero que hagas lo mismo —digo, pegándole el corte.

Le doy la espalda y me meto en mi habitación.

Ni siquiera miro hacia atrás para ver la cara de idiota que se le habrá quedado, pero ese hombre no es para mí. Solo es agradecimiento lo que siente y no pienso dejar que me haga un favor por pena. Me desnudo y paso de mirarme al espejo. Me ducho y me hincho a llorar por las puñeteras hormonas que no me dejan vivir. Solo soy feliz en mi mundo de escritura, donde puedo ser como me dé la gana y tirarme a hombres como Jason, y aún mejores. Pero la realidad es otra.

Cuando termino de fustigarme mentalmente

y el agua empieza a salir fría, salgo de la ducha y me pongo un pijama viejo, flojo y poco femenino. Me seco el pelo para quitarme la humedad, aunque no me lo peino. Como no tengo ganas de salir y enfrentarme a Jason, me acuesto en la cama y me tapo con el nórdico. Hoy tendrá que cenar solo, pues no tengo ni hambre. Cierro los ojos para dormir, pero, al rato, tocan a mi puerta.

—Samantha, ¿te encuentras bien? —me pregunta al otro lado.

—Vete, solo quiero dormir. Hoy no voy a cenar.

—¿Estás enfadada conmigo?

—No, solo quiero que me dejes dormir, Jason —grito para que me oiga bien.

—Siento si estás mal por mi culpa. No era mi intención. Que descanses.

Y se va.

Las lágrimas vuelven a mis ojos y, por fin, caigo rendida por el agotamiento.

—¡No! Ella no te lo ha dicho. ¡No me mates,

por favor!

Despierto de golpe. Oigo gritos en la habitación de Jason. Me levanto y voy corriendo hacia él. Está dando vueltas en la cama, inmerso en una pesadilla. Habla en sueños.

—Jason, despierta —le toco el hombro.

—No, no, ¡por favor!

Sufre mucho.

—¡Jason, despierta! —lo muevo suavemente.

—Helena, ¿por qué me has traicionado…?

Se incorpora aún en la pesadilla y me agarra bruscamente. Me da la vuelta y se tira sobre mí.

Entro en pánico, pues sigue sin despertarse y no sé si va a matarme o qué.

—¡Jason, despiertaaa! —grito con todas mis fuerzas.

Y entonces abre los ojos.

Lo tengo sobre mi cuerpo y lleva el torso desnudo y sudado. Es algo que he imaginado, incluso escrito en mi libro, pero no de esta manera. Parpadea e intenta salir de la pesadilla, pero me tiene sujeta de las muñecas y no afloja.

Entonces baja su cuerpo, dejándolo caer sobre el mío, y me besa.

Diosss…

Se me nubla la vista y el sofocón que tengo es de grado mil. No sé si sigue soñando, pero ahora me da igual, no puedo superar esta prueba. Noto su erección a través de mi pijama, el cual me arrepiento de llevar puesto. Su lengua entra en mi boca y gimo de pura felicidad. Me suelta las manos y aprieta mis tetas, sensibles e hinchadas. Qué magnifico sueño para mí y seguro que una pesadilla para él, pero no quiero que pare. Me devora la boca con un hambre devastadora y hace que me duelan los labios. Me arde la piel y el pijama es un envoltorio del que quiero deshacerme. Un rayo de lucidez entra en mi cerebro de nuevo. No puedo aprovecharme de este pobre hombre, así que lo separo un momento.

—Jason, estás soñando, despierta —gimo casi sin aliento.

Veo que sonríe y se me mojan las bragas.

—Estoy muy despierto, Samantha —dice—.

Esta vez no voy a dejar que te escapes.

Me quedo muda.

Sabotea de nuevo mi boca y esta vez no rechisto. «Si quieres joderme, hazlo con todas las consecuencias», pienso.

Mis manos van hacia la cinturilla elástica de su pijama y le aprieto el culo. No lleva ropa interior. Me empapo todavía más y él me quita la parte de arriba del roñoso pijama. Mis tetazas aparecen ante sus ojos, que brillan a causa del deseo. No me puedo creer que ese hombre me desee. Me lame un pezón y gimo de felicidad. Luego el otro y creo que me voy a correr en las bragas antes de que me la meta. Junta mis tetas con las dos manos y pasa la lengua por ambos pezones. Las aborda, las degusta, juega con ellas…

—¡Por Dios!

Me retuerzo debajo de su polla erecta y él va en busca de mi ruego. Me quita el pijama y las bragas empapadas y él se desnuda del todo. Siento vergüenza e intento taparme con la sábana, pero él no me deja.

—Eres preciosa. No me prives de tu belleza.

Vuelve a besarme en mi vientre, que no está plano, y baja hacia mi pubis. Me incorporo avergonzada.

—No puedo… —susurro azorada.

Pero él pone su mano en mi barriga y me tumba de nuevo en la cama.

—Déjame disfrutarte, Samantha —sisea.

Y hunde su cabeza entre mis piernas.

Echo la cabeza hacia atrás y estrujo las sábanas con las manos. Ni me acuerdo de cuando alguien me hizo sentir algo así. Su lengua sigue lamiéndome el coño y yo estoy en un estado febril del placer que me está provocando. Mi primer orgasmo viene en camino. Cinco años sin un hombre son demasiados y el primero que me toca es un pibón excepcional.

—¡Diosssssss!

Me deshago en mil pedazos mientras él sigue saboreando mi orgasmo y lamiendo hasta la última gota de mi esencia.

Me muero de la vergüenza, pero me deja en la puta gloria. Sigo muy cachonda y quiero más. Esto es solo el principio.

—Eres asombrosamente una delicia —dice con la cara mojada por mi orgasmo.

Lo agarro del cuello y lo beso.

Se acomoda de nuevo sobre mi cuerpo y guía su erección hasta mi coño recién aliviado. Me la clava y grito al sentirme de nuevo una mujer completa. Su fricción entrando y saliendo de mí es algo que tenía olvidado. Nada que ver con el consolador de látex. Donde haya una buena polla de carne que se quite todo lo demás.

—¿Te gusta, Samantha? Te estoy follando a ti, solo a ti —me dice con la lujuria en los ojos.

—Me gusta y no quiero que pares —jadeo.

—No pienso hacerlo. Tú eres vida, deseo, placer…

Y me embiste hasta llegarme a las entrañas.

Lo rodeo con mis piernas y le hinco los talones en el culo para que se mueva más deprisa. Me besa. Su lengua me folla la boca y su polla, el coño. Su torso se frota contra mis tetas y me calienta hasta el alma. Me llena por todos los lados y nunca he sido tan feliz como en este momento.

—Jason —gimo.

—Dime…

—Bendita la hora en que apareciste en mi casa.

Y me empala tan fuerte que me estremezco en otro orgasmo y mi coño absorbe su polla. Él contrae sus testículos y luego explota en mi interior como un volcán que llevaba durmiente miles de años.

Gritamos, gemimos, sudamos y convulsionamos juntos hasta caer rendidos en un apasionante abrazo. Él se queda dormido y yo aprovecho la ocasión para huir a mi habitación y meterme en la ducha. Luego voy a la cama, aunque soy incapaz de pegar ojo. «¿Qué va a pasar a partir de ahora?», pienso. «Madre mía, en qué lío me he metido».

Problema de identidad

Tengo miedo a salir de la habitación. Mi cuerpo tiembla al pensar en lo de anoche. No sé si podré mirar a la cara a Jason, pero me dejé cegar por la pasión y ahora estoy hecha un manojo de nervios.

—Bueno, a lo hecho, pecho —me digo a mí misma.

Asomo la cabeza por la puerta y no veo moros en la costa, así que voy directa a la cocina a por un café.

Enciendo la cafetera y me preparo uno bien cargado. Me pierdo en mis sentimientos cuando unos brazos que reconozco muy bien me rodean la cintura y unos labios deliciosos me besan en el cuello.

—Buenos días, preciosa. No me ha gustado despertarme solo. ¿Por qué te has ido?

Casi se me cae la taza de las manos.

—Jason, creo que lo de anoche fue un error… Estabas confuso y tenías pesadillas —intento justificarme.

Me da la vuelta y me mira a los ojos.

—Sé muy bien lo que pasó anoche y me moría por que sucediera. No estoy confundido; estoy loco por ti —me confiesa.

Parpadeo atónita, sin dar crédito a lo que dice. Voy a darle la réplica, pero me besa y apaga mis palabras antes de que salgan.

Cierro los ojos y mi cuerpo se activa de inmediato. Prende la llama que llevo dentro y mis brazos van como en piloto automático alrededor de su cuello. Mi lengua roza la suya y nos enzarzamos en un morreo épico que nos deja a los dos sin respiración. Tengo que separarme para recuperar el aliento.

—Jason, esto no está bien…

Intento dar un paso atrás.

—¿Por qué no? —se enfada.

—Porque ayer mencionaste a una mujer y puede que te esté esperando ahí fuera. No podemos iniciar una relación sin saber quién eres.

—Yo solo sé que te deseo y que quiero estar contigo.

Vuelve a por mí, pero, muy a mi pesar, me escabullo.

—A mí también me gustas. Y no quiero que me hagas daño.

Él se queda parado unos segundos y mueve levemente la cabeza.

—¿Por qué te iba a hacer daño?

—Porque si me enamoro de ti y luego recuperas la memoria y tienes a alguien esperándote, sufriremos los dos. Tenemos que ser racionales.

Trato de ser prudente.

—¿Y qué hago con lo que siento?

Niego con la cabeza.

—Tendrás que aguantarte —digo—, al igual que yo. Lo de ayer no debió pasar.

—Pero pasó.

—¡Ya lo sé! —Estoy histérica—. Pero no se puede repetir. Tienes que recordar a esa Helena y saber quién eres. Lo siento.

Me echo a llorar y él me abraza, lo que empeora las cosas.

—Está bien. Intentaré mantener la distancia, pero no me apartes de tu vida, ¿vale?

Asiento entre sollozos y salgo a la calle para quitar la nieve de la entrada. Necesito distraer la mente y alejarme de él unos minutos.

Cuando estoy en plena faena, llega Sheila en su moto de nieve. Hacía días que no la veía y es de lo más oportuna. Cuando se apea, la abrazo y me echo a llorar.

—¿Qué ocurre, Samy?—pregunta preocupada.

—Sheila, he cometido una locura y ahora no sé qué hacer.

—¿A qué te refieres?

—Nos acostamos anoche y ahora soy incapaz de mirarlo a la cara —confieso.

—¿Con Jason?

—¿Con quién va a ser?

—¡No me jodas! —exclama contenta.

—¡No te alegres! Tenía una pesadilla y fui a ver qué le ocurría. Nombraba a una tal Helena y, entre una cosa y otra, acabamos follando. Pero no sé quién es esa mujer. Puede ser su esposa. No debo estar con él de nuevo.

—¿Es que él quiere estar contigo de esa manera? —pregunta incrédula.

—Sí, ese es el problema.

—¿Y tú no?

—Pues claro que quiero, pero así no. Mientras no recupere la memoria y no sepa quién es, no puedo estar con él.

—Joder, parece uno de tus libros.

—Ya te digo. No sé qué hacer.

—Pues piensa qué haría la protagonista en uno de tus libros —me suelta.

Me quedo pensando en sus palabras.

—Pues follar con él hasta aburrirse y que se joda el mundo. Yo escribo libros para que la gente se divierta, no para que se deprima —digo sin más.

Sheila me mira con malicia.

—Pues ahí tienes la respuesta a tu pregunta.

—No puedo hacerlo —respondo, negando con la cabeza.

—¿Y por qué no? Tú eres libre como un pajarito y él no recuerda nada. No hacéis daño a nadie. Vive el momento, querida.

—Eres una cabrona cuando quieres —le espeto.

—Porque sabes que tengo razón.

Mi cabeza está saturada y no sé cómo procesar todo esto. Aunque quizá Sheila esté en lo cierto.

—A todo esto, ¿a qué venías? —le pregunto.

—A ver si ya habías adornado la casa para Navidad o si necesitabas que te echara una mano.

Cierro los ojos por el olvido imperdonable que he tenido.

—No lo he hecho. Con todo este lío de Jason se me ha ido el santo al cielo.

—No te preocupes. Ahora lo tienes a él. Que te ayude, así estaréis ocupados. Cambiando de tema, ¿cómo llevas el libro?

—Lo tengo casi terminado.

—Pues adorna la casa y luego termina el libro. Pronto será Navidad y es tu época favorita del año.

—Pues este año casi se me pasa —digo con remordimiento.

—Eso sería impensable en ti. ¿Vamos dentro y saludo a tu follamigo?

—Vale ya, Sheila. No me lo pongas más difícil —me irrito.

—Piensa en el personaje de tu libro y lo que haría. Quédate con eso. ¿De qué te sirve ser escritora y hacer felices a los demás si cuando te brindan la oportunidad a ti la rechazas? No tiene sentido.

—No me confundas más, que bastante alterada estoy.

—Pues acabas de echar un polvo. Deberías estar relajada. Te tengo una envidia…

No puedo evitar echarme a reír.

—Eso es lo que te hace falta a ti —le espeto.

—Me lo pediré para Navidad —se burla.

—Y yo que esta pesadilla se termine —murmuro por lo bajo.

Entramos en casa y Jason está avivando el fuego y echando leña en la chimenea. Es un pibón en toda regla.

—Buenos días, Jason —saluda eufórica Sheila.

—¡Qué alegría verte! —responde él.

Luego me busca con la mirada, pero yo lo esquivo.

—He hablado fuera con Samy y todavía no habéis adornado la casa para Navidad. Eso está muy mal —nos regaña.

—Ahora mismo salgo a por un árbol. Cogeré la moto de nieve—digo al instante.

—¿Te acompaño? —se ofrece Jason.

—No. Mejor saca los adornos del cobertizo. Están en cajas etiquetadas con la palabra «Navidad». Que te ayude Sheila, si se queda. Yo estaré fuera toda la mañana.

Me estoy escabullendo descaradamente.

—¿Toda la mañana para un árbol? ¡Si ahí fuera tienes un centenar! —exclama sorprendido.

—Lo sé, pero yo quiero uno especial. Además, no lo corto. Voy a un lugar donde me lo dan con la raíz para luego trasplantarlo.

Sheila se da cuenta de la tensión que hay entre nosotros e interviene.

—No te preocupes, yo me quedo con Jason e iremos adornando la casa. Tú ve a por el árbol y así adelantamos trabajo. Ten cuidado, hay mucha nieve por el camino.

—Lo tendré.

Me visto adecuadamente y me abrigo muy bien para salir a la intemperie. Jason se acerca a mí con sigilo.

—Tendrás que hablar conmigo y verme, aunque no quieras —me dice al oído.

—Lo sé, pero esta mañana, no —contesto, pegándole el corte.

—Déjame ir contigo. Fuera hace muy mal tiempo —insiste.

—Sé cuidar de mí misma.

—Eso ya lo sé. No tienes que demostrarme nada.

—Jason, necesito estar a solas y pensar. Esta casa se me ha quedado pequeña. ¿Lo entiendes?

No puedo ser más clara.

—Lo siento —me dice—. Tómate tu tiempo. Si quieres, le digo a Sheila que me ayude a buscar algo hasta que sepa quién soy.

Ese es un golpe bajo. Me está poniendo a prueba.

—Aquí quien tiene un problema de identidad eres tú, no yo. Haz lo que creas que sea conveniente y mejor para ti.

Le doy la espalda y salgo a la calle dando un portazo. No quiero llorar, pues con el frío que hace las lágrimas se me congelarían. Y así es como debe pensar Jason que tengo el corazón: frío como un témpano de hielo.

Ser la protagonista de tu historia

Después de pelearme con el hombre del vivero y hacer malabares para poder traer el abeto en la moto de nieve, hago todo el tiempo posible por llegar tarde a casa. Por una parte, deseo que Jason se haya ido con Sheila al pueblo, pero cuando pienso en que se lo puede haber llevado a su casa me matan los celos. Soy un poco el perro del hortelano: ni como ni dejo comer.

Vine aquí escapando del mundo, de la gente, en busca de la serenidad y la soledad y tengo a un desconocido en mi casa que folla como un dios. No solo ha alterado mi espacio vital, sino que mis hormonas están cachondas en todo momento y piden sexo a gritos. Fue a aterrizar en mi casa, caído del cielo y medio muerto, un castigo divino al que yo he sanado, aunque él me ha enfermado a mí.

Llego a casa y no sé lo que me voy a encontrar. Bajo de la moto y me froto las manos heladas por el frío. Me muero por una ducha caliente. Cuando abro la puerta, me quedo con la boca abierta. La casa está llena de luces y adornos navideños. Me da la impresión de que estoy entrando en la casa de Papá Noel. Me emociono y se me encoge el corazón. Son mis fiestas favoritas y todo está precioso. Falta colocar el árbol y quedará perfecto.

—¿Te gusta?

La voz de Jason me saca de mi trance. Ni sabía que estaba en casa.

—Está precioso.

No puedo mentir.

—¿Has traído el árbol?

Actúa con normalidad y eso no sé si es un alivio o me debe dar miedo.

—Está fuera, junto a la moto de nieve.

—¿Vamos a por él?

Asiento con la cabeza y salimos a por el precioso abeto que he traído.

Lo desengancho de la moto y entre los dos lo metemos en casa. Yo sola no sé si hubiera sido capaz de moverlo. Esa fue la discusión que tuve con el hombre del vivero. El abeto era enorme y lo traje a remolque con mucho cuidado.

Lo colocamos en el centro del salón y Jason trae la caja de los adornos y luces. Yo estoy aterida por el frío y necesito cambiarme de ropa y darme una buena ducha.

—Voy a quitarme esta ropa —le digo—. Estoy entumecida.

—No te preocupes. Si quieres, voy empezando yo.

Está muy amable y servicial.

—¡Vale!

Acepto encantada y me encierro en mi habitación.

Me desnudo y me meto en la ducha. Tengo la sospecha de que Sheila pueda haber estado hablando con él y, quizá por eso, tenga ese cambio de actitud, como de «aquí no ha pasado nada». Para mí, mucho mejor. Cuando termino, me pongo unos vaqueros y un jersey de lana azul. Luego me peino la melena y me arreglo un poco. Esta vez lo he hecho inconscientemente. La Navidad me pone de buen humor y ver la casa tan bonita da alegría.

Cuando salgo, el árbol ya casi está listo. Parpadeo, fascinada al ver la habilidad y el gusto que tiene.

—Vaya, sí que eres rápido —lo piropeo por su buen trabajo.

—Se ve que a mí también me gusta la Navidad y hacer estas cosas, porque la verdad es que me lo he pasado genial.

Ese comentario me molesta un poco. Es como si ya se hubiera olvidado de mí.

—Me alegro mucho. ¿Te apetece un chocolate caliente? —le pregunto para cambiar de tema.

—Estaría bien.

Mientras él sigue con el árbol, yo voy a preparar el chocolate a la cocina. No sé por qué, pero estoy un poco rayada. Y no lo entiendo, porque me está dando lo que le he pedido.

Sirvo dos tazas humeantes y calientes de

chocolate y cojo una caja de pastas. Las llevo al salón y las coloco en la mesita del café, delante de la chimenea. Me siento en el suelo y él viene enseguida y me imita. Miro el árbol ya terminado.

—Es alucinante. Te ha quedado precioso —lo alabo.

—La verdad es que se ha quedado muy bien. No sé cómo has podido traerlo tú sola, es enorme.

Me echo a reír.

—Es que cuando me empeño en algo…

Bebo de la taza y me siento muy a gusto.

—El chocolate está delicioso. Todo lo que haces lo está.

Me clava la mirada y mi corazón sube de revoluciones.

—¿No has recordado nada de tu vida? —le corto antes de que empiece.

Niega con la cabeza.

—Sé que no quieres hablar del tema —dice—, pero una cosa tengo clara: contigo me siento libre de hacer lo que quiero. Creo que en mi vida normal soy una persona reprimida y tú me haces sentir cosas que estoy seguro de que jamás he experimentado. Me llenas el alma, Samantha. No eres un capricho ni un pasatiempo. Esto es muy real —añade tocándose el corazón.

El chocolate se me cuaja en el estómago. Nadie me había dicho algo tan bonito en toda mi vida.

—Jason, ahora mismo soy lo único que conoces. No puedes asegurar que lo que sientes sea real. No lo sabes, porque no lo recuerdas.

—¿Sabes cuando tienes una intuición sobre algo que no ha pasado o desconoces, pero estás seguro de que está ahí para ti? Pues eso es lo que siento por ti. Me da igual que me rechaces, o si tengo que esperar a recuperar la memoria, pero sé que lo que siento es de verdad.

Me levanto exasperada.

—¿Tú te has visto? —le pregunto enervada—. ¿Acaso sabes cuántos años tienes? ¿Lo recuerdas?

—Me he visto y tengo cuarenta y seis años. Eso lo recuerdo.

Abro la boca atónita. Pensaba que era mucho más joven y es de mi edad.

—¿Me has visto a mí? Podrías tener a cualquier mujer con tu físico, no a… —Señalo mi cuerpo con las manos de arriba a bajo y digo—: Esto.

Se acerca a mí y me acaricia la cara.

—Eres perfecta y hermosa para mí. Yo no juzgo el exterior de una persona, sino su interior y su alma. Y no digas que estás mal por fuera; para mí, estás muy buena y eres deliciosa.

Hace que me suban los colores hasta el nacimiento del pelo.

Se inclina y me besa. Otra vez mis hormonas saltan de alegría al recibir lo que quieren. Su lengua busca la mía con ansia y yo se la ofrezco sin rechistar. Pienso en lo que me dijo Sheila: «¿Qué haría tu protagonista en uno de tus libros?». Pues, joder, voy a ser mi propia prota de esta historia y no voy a renunciar al pibón del siglo.

Me quita el jersey por la cabeza y me quedo con el sujetador de encaje negro. Menos mal que hoy sí voy decente para la ocasión. Creo que mi subconsciente ha sido precavido.

Mis manos se cuelan por debajo de su jersey y acarician su pecho. Oigo que se le escapa un gemido y me aprieta contra su cuerpo sin dejar de comerme la boca ni un solo segundo. Está empalmado y mis bragas chorrean por doquier. Nos deshacemos de la ropa en un visto y no visto y nos quedamos desnudos frente al fuego. Me tomo mi tiempo para admirarlo. Es tremendamente sexy; alto, guapo y su polla es divina. Sin pensármelo dos veces, la agarro con mi mano y la acaricio.

—¡Joder! —exclama excitado.

Me atrapa entre sus brazos y me besa con tanta pasión que casi pierdo el sentido.

—Jason —gimo cachonda perdida.

Mi mano lo masturba y él me mete un dedo en el coño que casi me hace correrme al notar esa intrusión tan placentera.

—Eres adictiva y real. Contigo soy libre, Samantha —jadea.

Al cuerno las vergüenzas. Necesito sentir a

este hombre y lo que más me apetece es comerle la polla.

Me pongo de rodillas y me la meto en la boca bajo su cara de asombro. Le dura poco, pues enseguida me acaricia la cabeza y me aparta el pelo para ver cómo entra y sale de mi boca. Se está poniendo cardiaco y yo más. Mueve las caderas. Me folla la boca y yo chupo esa verga increíble que se endurece por momentos. ¡Cuánta falta me hacía esto!

—¡Para, que me corro! —exclama con sufrimiento.

Pero estoy tan a gusto que me da pereza detener este procedimiento sexual tan delicioso. Entonces, él se aparta y me deja con la miel en los labios. Me levanta y apoya mi cuerpo al lado de la pared cercana a la chimenea. Está caliente y vuelve a por mi boca, mientras su polla pega coletazos sobre mi vientre.

—Fóllame, Jason, te deseo —susurro.

—¡Cómo me pones, Samantha!

Me levanta una pierna y la enreda sobre la suya. Dobla un poco las rodillas y me la clava hasta el fondo.

—¡Diosss! —grito, desgarrándome la garganta.

Me empotra contra la pared de madera y lo hace con fuerza y precisión.

Me sujeto a sus hombros para no caerme y él apoya una mano en la pared y la otra en mi muslo. Se impulsa y me jode viva. No sé quién es este hombre o a qué se dedica, pero de follar sabe un rato. Entra y sale de mi coño con fuerza y yo estoy tan mojada que esa fricción me vuelve loca. Mi clítoris se hincha y pide a gritos explotar sobre su polla. Las puntas de nuestras lenguas se tocan y juegan eróticamente. Un orgasmo desciende a la velocidad de la luz por mi estómago y llega a mi clítoris.

—Te voy a mojar la polla, Jason —grito sin vergüenza.

—Mójamela y caliéntamela, Samantha.

—Dale fuerte —imploro.

Y acomete con rudeza. Yo me deshago en su polla, inundándola con un orgasmo de primera.

Me quedo laxa unos segundos, sin fuerzas. Entonces, él baja mi pierna entumecida y me da la vuelta. Me acaricia la espalda desde la base de mi nuca hasta mi coño. Se me eriza toda la piel y me pone a cien de nuevo. Me separa las piernas y me mete la punta de su polla en la entrada del coño. Juega conmigo.

—¿La quieres? —me seduce.

—Por favor.

—Pídemelo.

—Fóllame de nuevo, por favor —lloriqueo.

Me agarra de las caderas y se inserta en mí otra vez como un clavo en la pared.

Echo la cabeza hacia atrás y arqueo mi cuerpo. Yo tampoco he sentido esto con nadie. Es sexo del bueno, pero también hay mucha química.

—¡Fóllame, fóllame! —repito como un disco rayado.

—Samantha… —gruñe muy cachondo.

Noto que sus dedos se entierran en mis caderas y cómo sus testículos golpean mi culo.

Me encantaría que se metiera entero en mi interior. Está hecho para follar y levantar la autoestima de todas las menopáusicas del universo. Deberían hacer clones de él.

—¡Sí, sí, sí!

Otro orgasmo llega sin previo aviso.

Intento cerrar las piernas ante las convulsiones de mi coño y le aprieto la polla con fuerza. El camino de sus estocadas se estrecha y eso le produce un placer semejante al de follar con una virgen.

Jason explota y se corre dentro de mí.

Embiste fuera de control.

Se estremece.

Vacía toda su carga en mí.

Grita mi nombre.

Y yo soy tan feliz que no me lo creo. Esto de ser la protagonista de tu propia historia mola.

Abrir los ojos a la realidad

La siguiente semana es como vivir en una continua luna de miel. Trabajo por el día, Jason se ocupa de la comida y de la casa y aprovechamos para hacer el amor en cada uno de mis descansos. Soy más feliz que nunca y me despreocupo de todo. Solo quiero vivir este momento dulce y que nadie me lo amargue.

Ya dormimos juntos. Es una tontería guardar las apariencias cuando estamos enganchados a todas horas. Esa noche, Jason empieza a moverse nervioso. Sufre una de esas pesadillas suyas y habla solo.

—¿Por qué lo has hecho, Helena? Ahora estoy en peligro… ¿Por qué?

Lo repite una y otra vez. Yo aprovecho la

ocasión y, en vez de despertarlo, le pregunto:

—¿Qué he hecho?

—Contarle a tu hermano lo que he averiguado de tu padre —responde él enfadado—. Me has puesto en peligro y también nuestra relación.

—¿Qué has averiguado, Jason?

Sigo con el interrogatorio.

—¿Quién es Jason?

Se sorprende y me doy cuenta de la metedura de pata.

—¿Cómo te llamas, amor? —digo. Procuro ser muy dulce con él.

—¿Me estás vacilando, Helena? Soy Danniel. ¿Es que me quieres volver loco?

—Dime tu nombre completo —insisto.

Entonces abre los ojos como un búho y me mira.

—Me llamo Danniel Holland —dice de carrerilla.

Me quedo un poco en shock al descubrir su verdadera identidad.

—¿Quién eres, Danniel Holland?

Parpadea varias veces y niega con la cabeza.

—No lo sé, Samantha. Solo sé que mi nombre es ese y que averigüé algo que no debía. Creo que por eso vinieron a por mí.

—¿Y Helena?

—No lo tengo claro, pero creo que es mi novia.

Mi corazón se encoge como un pantalón de algodón en la secadora.

—Sabía que tenías a alguien esperándote…

Hago el ademán de levantarme de la cama, pero él me agarra de la mano y tira de mí. Caigo sobre su cuerpo.

—Puede que tenga una novia ahí fuera, pero te amo a ti. Eso no cambiará, aunque recupere la memoria.

Y me besa con fervor.

Me separo a regañadientes de sus labios.

—Eso lo dices ahora, pero estás empezando a recordar, Danniel.

Lo llamo por su nombre verdadero.

—Me gusta más Jason.

Me da la vuelta y se pone sobre mí. Luego me separa las piernas y me penetra con suavidad.

Yo me deshago como la mantequilla al sentirlo dentro. Se mueve lentamente, tan despacio que casi es una tortura.

—Pero te llamas Danniel y te irás —gimo.

Empuja un poco más fuerte, pero sin aumentar el ritmo. Es algo devastador.

—Eso no va a ocurrir —dice. Después me muerde el lóbulo de la oreja.

Le araño la espalda mientras entra y sale de mí a cámara lenta. Es una tortura deliciosa y me mata del placer que me da. No tiene prisa, se lo está tomando con toda la calma del mundo.

—Solo te amo a ti, Samantha —me susurra.

—Mientes. Es Jason el que habla, no Danniel.

Profundiza en su embiste y me arranca un gemido de placer.

—Ambos te amamos, porque ambos somos uno.

Le rodeo el cuello y lo beso.

No quiero escuchar nada más, solo quiero que me siga haciendo el amor hasta el amanecer; toda la vida, si es posible.

Jason, Danniel, o como diablos se llame, se tira más de una hora entrando y saliendo de mí sin alterar la velocidad de sus embestidas. Debajo de nuestros cuerpos se ha formado un charco de fluidos corporales de lo excitados que estamos, pero no queremos que se termine este polvo tan erótico y, a la vez, romántico. Creo que podría estar así horas y horas…

—Eres tan especial —me susurra al oído.

—Tú sí que lo eres. Creo que ya he tenido cuatro orgasmos y sigo teniendo ganas de ti —confieso.

—Lo sé, me tienes loco y muy duro —gime.

—Pues, cuando quieras, acelera y córrete con todas las ganas del mundo. Estoy deseando sentirte muy fuerte.

—Lo sé, cielo. Pero te estoy degustando como el mejor vino del mundo. No tengo prisa.

—Danniel…

—Llámame Jason.

—Pero ese no es tu nombre —me quejo.

—Fue el que tú me diste y me encanta cómo suena en tus labios.

Y entonces se entierra profundamente en mi coño y los ojos me dan dos vueltas de campana.

—Por Dios, me estás matando de placer.

—Esa es mi intención —susurra.

Y sigue penetrándome con suavidad, deslizando su polla en mi coño resbaladizo como si se hubiera puesto en piloto automático.

Mete y saca.

Mete y saca…

—No sé si soportaré más orgasmos —le digo—. Estoy agotada de tanta felicidad.

—Pues no quiero que sufras más por mí.

Me engancha los muslos con sus manos y me los levanta. Se acopla bien entre mis piernas y empieza a aumentar el ritmo de sus acometidas.

—¡Santísimo Dios!

Me corro al instante.

—¿Así voy bien? —se burla.

Le tiro del pelo y lo beso mientras convulsiono sobre su polla y me rompo en mil pedazos.

Él embiste con premura y luego arquea su espalda hacia atrás y estalla en la tormenta perfecta, lanzando toda su furia en mi interior. Gruñe y azota mi pubis con violencia hasta que se desahoga y cae rendido sobre mi cuerpo.

Ambos jadeamos e intentamos recuperar el aliento. Ha sido algo increíble que se me quedará grabado en la memoria para siempre. Nos quedamos dormidos en esa posición y nos olvidamos del mundo, del pasado, del presente y del futuro…

Por la mañana, despierto casi ahogada. Tengo a Jason sobre mi cuerpo, durmiendo como un tronco. Lo aparto y me voy a la ducha. Las agujetas salpican todo mi cuerpo. Lo de esta noche ha sido algo extraordinario. Cuando termino de ducharme, él sigue inmóvil en la cama. Aprovecho para vestirme e ir a la cocina a preparar el desayuno. Pero antes tengo que hacer una llamada que no es fácil para mí. Cojo el teléfono y llamo Sheila.

—Buenos días, ¿cómo están los tortolitos? —me saluda con alegría.

—Hola, Sheila, tengo que pedirte algo importante —digo muy seria.

—Tú dirás, amiga.

—Ya sé cuál es el nombre de Jason. El verdadero —le aclaro.

Guarda silencio unos segundos. Seguro que está asombrada o en shock.

—¿Cómo lo has averiguado? ¿Ha recobrado la memoria?

—No. Se lo saqué cuando estaba soñando.

—Vaya, así que eso de preguntar a alguien cuando duerme funciona…

—Pues, por lo visto, sí. Quiero que averigües quién es. Haz una búsqueda en Nueva York. Tiene que ser de allí, seguro.

—¿Cuál es su nombre?

Trago saliva.

—Danniel Holland —digo a duras penas.

—Te habrá costado hacer esto. Sabes que puedes perderlo, ¿verdad?

Se me seca la boca de nuevo.

—¡Pues claro que lo sé! Pero no puedo vivir en una mentira. Necesita recuperar sus recuerdos —digo ofuscada.

—No te preocupes. Haré una investigación discreta. Tengo un amigo en Nueva York que me debe un par de favores.

—Gracias, Sheila.

—Cuídate, Samantha. No sabemos lo que nos vamos a encontrar.

—Ya…

Cuelgo el teléfono y aparece Jason ante mí. Lleva solo el pantalón de pijama, con el torso desnudo y el pelo mojado. ¿Cómo voy a renunciar a algo así?

—Vas a pillar frío —le digo sin apartar la mirada de su cuerpo.

Entonces me abraza y me besa.

—Para eso te tengo a ti, para que me hagas entrar en calor.

Hace que me estremezca.

Desde que estoy con él, he perdido cinco kilos de tanto follar. Mi cuerpo ya no está nada mal y se me han ido todos los complejos.

—Tengo que trabajar. Dentro de dos semanas es Navidad y en una tengo que entregar el manuscrito. No puedo entretenerme más contigo. Dame un respiro y dejemos la fiesta para la noche, ¿te parece?

Hace una mueca de desagrado.

—No estoy de acuerdo, pero voy a respetar tu trabajo. ¿Me dejarás leer el libro? Así no te molestaré y estaré entretenido.

Frunzo los labios y me lo pienso. Nunca he dejado leer un original a nadie antes de publicar, solo a Irene.

—Está bien. Te dejaré leer mi última novela si me dejas terminarla.

Hace un gesto de triunfo y me echo a reír.

—¡Genial!

—Jason, en cuanto a lo que hemos descubierto, lo de tu identidad…

Levanta la mano y me corta.

—Ahora no es momento de hablar de eso. Tienes que terminar el libro y nosotros estamos muy bien.

Está claro que no quiere recordar. Esta situación le gusta y se siente cómodo con esta nueva vida, pero no se puede vivir en una falsa realidad, ni yo puedo continuar siendo la protagonista de mi libro. Tarde o temprano tendremos que salir de mi mundo y abrir los ojos a la realidad.

Mi Jason Bourne está desapareciendo

Y seguimos como si aquí no hubiera pasado nada durante más de una semana. Yo retomo mi trabajo y Jason, porque quiere que lo llame así, me ayuda con todo y luego se sienta en el sofá. Le voy dejando que lea el borrador de mi última novela, que debo entregar en unos días. Estoy escribiendo el final y es lo que más me está costando desenlazar. El tiempo ha pasado volando.

Veo que devora el manuscrito sin parpadear, atrapado en su lectura, y sonrío para mí. Por lo menos, deja que me concentre en lo mío y no me molesta. Tengo que rematar este libro sí o sí.

Cuando termino mi jornada de trabajo,

Jason sigue leyendo y tengo que arrancarle las hojas de las manos para que salga de mi mundo particular y vuelva a la realidad.

—Ya es de noche, forastero —le doy la noticia.

Parpadea ensimismado y me mira con adoración.

—Madre mía, ¡qué imaginación tienes! Me he metido de cabeza en la trama. Por un momento, creí que éramos tú y yo —contesta, entusiasmado.

—Esa es la magia de los libros: te transportan y te hacen ser quien tú quieras.

—Es muy adictivo. No podía parar de leer. Quiero seguir, no me puedes dejar con la intriga.

Suelto una carcajada.

—Mañana más.

Finge un puchero y está adorable.

—Solo un poquito…

—Lo siento, pero no. Ahora voy a la ducha y luego hay que preparar algo de cenar.

Sus ojos brillan con malicia.

—¿Quieres compañía?

—¡Jason! —lo riño con cariño.

Me da un beso en los labios y yo lo recibo de buena gana.

—Ve a ducharte, yo prepararé la cena. Tienes que tener la espalda rota de estar en la misma posición todo el día —comenta, apiadándose de mí.

—Eres un amor.

Me regala una sonrisa de lo más tentadora.

—Prepara algo ligero, no tengo mucha hambre.

Le doy un pico en los labios y me voy directa a la ducha.

La verdad es que tengo la espalda crujida de tanto trabajar, pero hoy le he dado un buen tirón al libro. No me queda nada. Seguramente, mañana le dé el toque final.

El agua empieza a salir caliente y me meto debajo. Dejo que caiga sobre mi cuerpo tenso y dolorido. Cierro los ojos y me relajo. El ruido del agua es como un mantra para mis sentidos, totalmente hipnótico. De pronto, la puerta de la ducha se abre y Jason entra como una aparición.

No digo ni una palabra, porque no puedo; tan solo admiro esa estampa tan erótica de su cuerpo mojado y su polla dura viniendo hacia mí. Todos los dolores se me quitan de golpe. Me rodea con sus brazos y me besa en la nuca. El agua ahora me quema y el reducido espacio se llena de vapor. El aire se concentra y nuestra sangre hierve.

—Esto va a ser rápido, pero apasionante —ruge en mi oído.

Me aplasta contra la pared y me dobla la espalda un poco. Me separa las piernas y, sin preámbulos, se inserta en mí como una espada en la carne.

Grito de placer y me empala, dándome un gusto indescriptible. Creo que no recuerdo haber follado tanto en mi vida. Este hombre me mata a polvos y no veo una muerte más deliciosa. Creo que se hizo a mi medida. Esa verga maravillosa se adapta a mi coño y entra y sale de él con una memoria exquisita. Me da justo en el punto necesario y me proporciona todos los orgasmos que necesito. Sus manos en mis caderas mientras me embiste me hacen sentir segura. Confío en él y todo lo que me hace está bien hecho.

—Sí, sí, sí.

El primer orgasmo me llega y corre abajo por mis piernas, mezclándose con el agua.

—Me encanta cuando chillas así —ronronea sin dejar de metérmela.

—Y a mí me encanta cómo me follas —jadeo.

—No te voy a aguantar mucho. Ese libro tuyo me ha puesto muy cachondo —sisea.

Y sus dedos aprietan mis carnes. Se impulsa con fuerza y su polla se clava hasta lo más profundo de mis entrañas. Abro los ojos de par en par.

—Joder, Jason —suspiro casi sin aliento.

—Te voy a follar viva—dice excitado.

Y vaya si lo hace.

Acomete con violencia, arrancándome otro orgasmo que me corta la respiración. Él bombea duro hasta que se vacía en mi interior y los dos nos rompemos en un puro éxtasis.

Las piernas me tiemblan y tiene que sujetarme para que no me vaya al suelo. Me da la vuelta y apoyo mi espalda contra la pared. Me besa y el agua nos da de lleno en la cara.

—Te amo, Helena —me susurra.

Me quedo petrificada al escuchar esas palabras. Ha tenido un lapsus y a mí me deja muerta.

Lo aparto de mí con aspereza y lo miro con rabia.

—Seguro que ella a ti también —le digo.

Menea la cabeza sin comprender. Creo que ni se ha dado cuenta.

Salgo de la ducha y me enrollo en la toalla con lágrimas en los ojos. Me fustigo por ser tan imbécil. Esto tenía que pasar tarde o temprano.

—¿Qué te he hecho? —pregunta confuso.

Lo fulmino con la mirada.

—Me has llamado Helena. Ya es hora de que recuperes la memoria y tu vida. Mientras tanto, no volveremos a intimar.

—Pero Samantha… —protesta.

—Ni peros ni nada. Sabía que esto iba a pasar. Amas a esa mujer y, en cuanto recobres la memoria, me darás la patada —le espeto con rabia.

—Yo te amo, mi amor.

—Y a ella también. Te sugiero que esta noche duermas en la habitación de invitados. Yo no tengo hambre; cena tú, si quieres. Hasta mañana.

Lo echo de mi habitación y cierro dando un portazo.

Me tiro en la cama y lloro a mares. Cada vez es más notoria la presencia de Danniel y mi Jason Bourne está desapareciendo. Esta historia está llegando al fin, como mi libro.

*

Al día siguiente me levanto con los ojos hinchados de tanto llorar. No quiero que me hable, ni que se acerque a mí. Tengo que terminar el libro y mi mente no está en las mejores condiciones para hacerlo.

Salgo de la habitación y huele a café recién hecho. Oigo que él está fuera quitando la nieve de la entrada, así que aprovecho para desayunar tranquilamente. Seguro que Jason tampoco ha pasado muy buena noche, pero yo tengo que preocuparme de mí en este momento. Sé que él se irá y recuperará su nueva vida.

Termino el café y me voy al ordenador para intentar escribir el final de mi libro. He de mandarle el manuscrito a Irene y no quiero más demoras. Me siento y empiezo a escribir sin pensar en nada ni en nadie. Solo estoy centrada en mi trabajo.

Jason entra entonces y se quita las botas de agua y el pesado abrigo. Me mira, pero no se atreve a interrumpirme. Va hacia la cocina a por un café y luego regresa al salón y se sienta en el sofá.

—Perdona que te interrumpa un segundo. ¿Te importa que siga leyendo tu libro? —me pregunta con cautela.

—Haz lo que quieras, pero no me molestes. Tengo que terminar hoy —le contesto muy seca.

—Tranquila, no lo haré.

Coge las hojas del manuscrito y se engancha a leer sin hacer ningún ruido.

A los pocos minutos, me meto en mi mundo y me olvido completamente de que lo tengo delante de mí sentado en el sofá. Me pongo a escribir sin cesar y pasan las horas muy rápido. Cuando me quiero dar cuenta, por fin he terminado el libro. Sonrío con satisfacción y preparo el archivo Word para enviárselo a Irene. Ella se encarga de todas las gestiones de registro y demás. Tenemos un acuerdo firmado y me fío de ella. Nunca me ha fallado. Cuando lo tengo listo, le envío por correo mi última obra. Cierro el portátil y Jason está ensimismado leyendo las hojas que voy imprimiendo y guardando como borrador para mí. Ahora están saliendo las últimas que he escrito en la impresora.

Levanta la mirada cuando ve que me pongo en pie.

—¿Lo has terminado? —pregunta emocionado.

—Ahora mismo.

—¿Me vas a dejar leer el final?

Me lo pienso un poco, pero, dado que lo ha leído casi todo, me parece una putada dejarlo con la miel en los labios.

—Las últimas hojas están saliendo ahora de la impresora. Puedes cogerlas y leerlas —le digo.

Se levanta y va a por ellas. Las coloca por orden con sumo cuidado.

—¿Puedo preguntarte una cosa? —dice.

—Depende. Tú pregunta y yo veré si te la respondo.

—¿Has escrito este libro basándote en nuestra historia?

Cierro la boca, más que nada porque no sé qué contestar. Empecé una trama diferente, pero, cuando él llegó a mi vida, me desvié de lo que tenía pensado y empecé a escribir nuestra historia, aunque con argumentos inventados, claro está.

—Puede que haya influido —respondo.

Levanta los papeles en la mano.

—Según esto, tú me amas —dice muy serio.

Resoplo por lo bajo.

—Es un libro de ficción y todavía no has leído el final —le callo la boca.

—Samantha, no podemos romper así, de esta manera tan fría.

Lo miro con tristeza.

—Estoy muy cansada. Voy a prepararme un sándwich y luego me voy a dormir. Tú sigue leyendo, si quieres.

—Pero Samantha, no puedes dejarme así —protesta.

Lo miro con indiferencia.

—Lo estoy haciendo, Jason. Buenas noches.

La cruda realidad ya está aquí

Otra mañana más en la que tener que levantarme y ver al hombre que amo en mi casa me partirá otro trocito de mi corazón. Ahora no tengo la disculpa del libro, pues lo he terminado. Siempre puedo ponerme a escribir otro, pero es que ya va a ser Navidad. Quiero hacer galletas, salir a esquiar con el trineo y disfrutar de estas fiestas. Sin embargo, tener a Jason aquí lo cambia todo.

Me visto el traje de nieve, ya que necesito salir a dar una vuelta. Y que Dios me perdone por dejarlo solo en casa, pero es que ya no aguanto estar cerca de él. Se me hace muy doloroso no poder tocarlo, besarlo…

Estoy a punto de salir cuando me lo

encuentro en el rellano. Es una situación incómoda, aunque últimamente todas lo son.

—¿Vas a salir? —me pregunta.

—Sí, necesito tomar el aire.

—Imagino que no querrás mi compañía —dice con ironía.

Resoplo por lo bajo

—Ya sabes la repuesta.

Voy hacia la puerta y entonces me suena el teléfono.

—Ya, ya, qué oportuno —gruño por lo bajo mientras descuelgo.

—Hola, Samy, ¿estás en casa? —me pregunta Sheila.

—Estaba a punto de salir.

—No, no. Espérame ahí, tengo noticias sobre Danniel. Su mejor amigo está aquí. No te vas a creer lo que le ha pasado a ese pobre hombre —me dice entusiasmada.

Estoy paralizada, todavía con el teléfono en la oreja. La cruda realidad ya está aquí.

—¿Has dicho su amigo? ¿Y cómo puedes fiarte de él? —me enervo.

—Tranquila. Mi colega de Nueva York sabía del caso y desaparición de Danniel. En cuanto indagó un poco, saltaron las alertas. No ha informado en la ciudad, por eso ha venido su amigo. Te lo cuento ahora en tu casa, pesada.

—¡Joder! —exclamo de mal humor tras colgar.

—¿Qué pasa? —inquiere Jason.

Me quito la chaqueta de nieve y me muevo nerviosa.

—Pues creo que hoy va a ser tu gran día —le digo irónica.

—¿A qué te refieres?

—Que ya saben quién eres y, por lo visto, también lo que te pasó. Un amigo tuyo viene de camino para explicártelo.

Camina como un zombi y se deja caer en el sofá.

—Tengo miedo de conocer la verdad… ¿Y si no me gusta quién soy?

Lo miro perpleja.

—Danniel, eres una buena persona, eso no se puede fingir. Solo tienes que saber la verdad.

Me coge de la mano y me mira con los ojos apagados.

—Yo soy feliz contigo, Samantha —me confiesa.

—Pero no eres tú…

—Me siento libre contigo. No quiero volver con nadie, solo quiero estar contigo.

Me parte el alma, pero las cosas no funcionan así.

—Lo siento, Danniel. ¡Ojalá las cosas fuesen como en mi libro!

—Y pueden ser —insiste.

—No, porque eso es una fantasía y esto es una realidad. Voy a ponerme algo decente, porque mi salida se ha cancelado.

Veo que se frota la cara entre sus manos, pero no hay nada que yo pueda hacer. Las cartas ya están boca arriba.

Mientras me cambio de ropa, mi corazón late a toda velocidad. Puede que hoy Jason desaparezca de mi vida para siempre y no sé si estoy preparada para eso. Lo quiero con toda mi alma y nunca había sido tan feliz. Por eso lo volqué todo al papel en mi último libro. Creo que es el mejor que he escrito, aunque en mi historia el final es feliz y en la vida real no lo va a ser.

Oigo el timbre de casa y salgo disparada a abrir la puerta. Veo que Jason está en el sofá, inmóvil y aterrado. Menuda situación…

Cuando abro la puerta me encuentro a Sheila, más radiante que nunca. Su furgoneta está fuera. Al lado, un hombre alto, pelirrojo, de ojos verdes e impresionante.

—Hola, Samy —sonríe ella, nerviosa—. Te presento a Greg Morgan. Es el mejor amigo de nuestro Jason.

Le doy la mano, pero no los dejo entrar todavía.

—Está muy alterado. No recuerda nada y se niega a hacerlo —advierto.

—Yo se lo explicaré todo y seguro que recuerda —dice muy seguro de sí mismo.

—¿Cómo sé que eres su amigo?

Saca el móvil y me enseña un montón de fotografías juntos. En una sale con una mujer guapísima, morena de ojos castaños. Tiene rasgos latinos.

—¿Esa es Helena? —pregunto un poco celosa.

—Sí, Helena Ochoa. Su prometida.

No me voy al suelo de milagro.

—Pasad.

Dejo que entren y, cuando Greg ve a Jason, se lanza a abrazarlo, pero este lo rechaza.

—¿Quién eres? —pregunta tras apartarlo de un empujón.

—Danniel, soy Greg Morgan…, tu mejor amigo.

Empieza a rascarse la cabeza para intentar recordar, pero no lo consigue.

—Enséñale las fotos —le pido para ver si surte efecto.

Saca el móvil y Jason las mira completamente atónito. Cuando ve la de Helena, la reconoce al momento.

—Helena… —susurra.

Mi corazón explota como si le hubieran tirado una granada.

—Sí, es Helena. Ibais a casaros el día siguiente de tu desaparición —le informa Greg.

Me tengo que sentar, pues esto me afecta más a mí que a Jason.

—¿Qué me pasó? —inquiere él.

—Ahora viene lo bueno —dice Sheila.

—No sé por dónde empezar, amigo. No es algo fácil de contar —duda un poco.

—Pues por el principio —insisto nerviosa.

—Tranquila, Samy, es algo muy duro y peligroso —dice mi amiga.

La mirada de Jason oscila entre nosotras, confundido.

—Tú trabajabas de contable para Armando Ochoa, el padre de Helena. Es un hombre de negocios muy importante y se mueve por las altas esferas. Te enamoraste de su hija Helena y ya llevabais juntos dos años —empieza a narrar Greg.

—¿Y cómo vino a parar a Canadá? —pregunto irritada.

—Tranquila, Samy, déjalo hablar —me reprende Sheila.

—Unos días antes de la boda —sigue Greg—, encontraste irregularidades en la contabilidad de don Armando.

—¿Qué clase de irregularidades? —pregunta Jason.

—De las peores: blanqueo de capitales, ayuda a cárteles de la droga, mafias... Imagínate: de lo malo, lo peor. Don Armando está metido en negocios muy sucios.

—¿Y qué ocurrió? —pregunta.

—Que se lo contaste a dos personas: una fue Helena, que te dijo que te olvidaras del tema, que ella te amaba y lo que quería era casarse contigo y huir de su familia.

—Y la otra persona fuiste tú —deduce.

—Exacto. Me trajiste una memoria USB con todas las pruebas, por si te ocurría algo. Te lo oliste y querías cubrirte las espaldas. Y eso fue lo que pasó—le explica Greg.

—No te entiendo... —dice Jason.

—Helena tiene un hermano mayor que se llama Armando también. Es el que ayuda a su padre con los negocios. No supo tener la boca callada y le contó lo que habías averiguado, así que tuvo una disputa con él. Lo llamó de todo y le dijo que, tan pronto se casara contigo, se olvidaría de su familia.

—¡Ay, Dios! —exclamo al ver venir la movida.

—Armando le pidió perdón y le dijo que dejara compensarla organizándote la despedida de soltero. Le dijo que te iba a llevar a Las Vegas y que lo harían por todo lo alto. Helena, tú y yo nos lo tragamos —sigue Greg con la historia.

Levanto la mano para pedir la palabra.

—Imagino que ese avión no llegó nunca a Las Vegas —digo.

Greg niega con la cabeza.

—Sí llegamos.

Ahora la que está confusa soy yo.

—¿Entonces cómo llegó hasta aquí? —inquiero.

—Lo perdí de vista en uno de los hoteles en los que habíamos reservado una fiesta. Armando nos contó que Danniel era un mujeriego y que se fue con una fulana, cosa que yo jamás creí. Y hasta la fecha ha sido la historia oficial.

—Imagino que ese tal Armando y sus matones lo sacaron de Las Vegas y lo llevaron hasta aquí —dice Sheila—. Luego le pegaron una paliza y lo dieron por muerto.

—Si no lo mataba la paliza, lo haría el frío —añado yo.

—Helena se quedó destrozada y, como yo no obtuve noticias de Danniel, llevé la USB a la policía y denuncié su desaparición, pero jamás contemplamos la idea de que estuviera en Canadá. La verdad, lo dábamos por muerto —admite con tristeza.

—Pobre Helena… —susurra Danniel.

—Si hubiera estado calladita, no te hubiera pasado esto —lo regaña Sheila.

Yo me mantengo al margen. No pienso decir nada.

—¿Lo recuerdas ahora, amigo?

—Me empiezan a venir retazos de cosas. Armando llegó aquí en un helicóptero privado. Recuerdo la paliza de un par de sus matones y que luego se marcharon. Ahora lo veo claro — dice el recién resucitado Danniel.

Yo también lo veo. Esto es el fin.

—Deberías volver. Armando Ochoa y su hijo están en libertad bajo fianza, pero, con tu testimonio, acabarán entre rejas y tú podrás casarte con Helena.

Asiente tímidamente con la cabeza. Yo quiero evaporarme.

—También pueden ir a por él para que no declare —dice Sheila—. Mejor sería que se quedara un tiempo por aquí.

—¡No! —exclamo yo—.Tiene que volver con la mujer a la que ama. No creo que se atrevan a hacerle daño después de lo que sabe. La policía lo pondrá bajo custodia.

Se me atropellan las palabras.

—Samantha tiene razón —dice Danniel muy serio—. Mi tiempo aquí terminó. Ya sé quién soy y tengo que ocuparme de mis responsabilidades.

Yo ya no reconozco a esa persona. Ahora entiendo cuando decía que aquí era libre.

—¿Te vas a ir así, sin más? —le pregunta Sheila.

—Es mi deber.

—Joder, Jason, después de todo lo que se ha hecho por ti —le echa en cara.

—Me llamo Danniel —la corrige.

—Sheila, déjalo —suelto muy seca—. Esta no es su casa. Su hogar está en Nueva York, con Helena.

—Os agradezco todo lo que habéis hecho por mí, pero este no es mi lugar.

Ha escogido las palabras que más daño podían hacerme.

—Te lo dije desde el primer día que llegaste —le digo, tirando a dar—. Ahora recoge tus cosas, vete con tu amigo Greg y sé muy feliz.

—Mañana es Navidad —insiste Sheila—. Podrían quedarse.

—No, Sheila. La Navidad es mi día favorito del año y prefiero disfrutarlo yo sola.

—¿Le va a pedir algo a Santa Claus? —bromea Greg.

—Lo que yo quiero es imposible —. Y luego me río con ironía.

—En Navidad todo es posible, mujer… Solo hay que tener fe—me anima.

—Lo que pasa es que yo acabo de perderla.

Me pone una mano en el hombro.

—Ha hecho algo bueno —me dice—. Se merece que le ocurran cosas buenas, no pierda la fe.

Me da un beso en la mejilla y yo se lo agradezco de corazón.

Danniel sale de la habitación con una mochila. Está serio y cabizbajo.

—Gracias por todo a las dos; sobre todo a ti, Samantha.

—De nada, me has tenido entretenida —contesto. Soy mala porque me apetece.

Él baja la cabeza de nuevo.

—Te dejo la ropa que me compró Sheila. En Nueva York no voy a necesitarla.

—No te preocupes, siempre puede aparecer por la puerta otro Jason Bourne que la necesite.

Rezumo ironía por las orejas.

Me mira a los ojos y sale de casa con su amigo Greg y Sheila, que los lleva a Oblivion Town.

Me quedo en mi casa adornada de pura

Navidad, pero mi espíritu navideño ha salido por la puerta con Jason, Danniel o el cabrón que se lleva mi corazón hecho añicos.

Los milagros en Navidad existen

Me levanto después de pasar una noche sin pegar ojo, pero recuerdo que ya es Navidad. Me doy una ducha y luego me visto mi jersey rojo navideño y unos pantalones negros afelpados. Pongo villancicos y desayuno chocolate caliente con pastas. No quiero pensar en nada ni en nadie, solo en mí.

Salgo a quitar la nieve de la entrada y luego me entretengo en hacer un muñeco con la que sobra. Me ilusiona este día, aunque hay una sombra a mi alrededor que pretende oscurecerlo, aunque no se lo voy a permitir.

Luego veo películas navideñas en el ordenador, sentada en el suelo al lado de la chimenea mientras mastico un bastoncillo de caramelo. Actúo como todos los años desde que vivo en esta cabaña y pienso seguir haciéndolo. Estoy llorando por una escena de la película *Qué bello es vivir* cuando alguien llama a mi puerta.

Mi corazón pega un brinco dentro de mi pecho. No espero a nadie y es muy raro que alguien aparezca en esta fecha.

—No va a ser él… —digo en voz baja.

Mientras voy caminando hacia la puerta, pienso que Jason o Danniel estará ya en brazos de su amada Helena.

Abro y me encuentro a Irene, mi editora. Da un brinco y me abraza con fuerza. Yo estoy en shock de verla allí plantada en mi casa.

—Eres única, una crack —dice eufórica—. El mejor libro que has escrito de tu carrera. Nos vamos a forrar.

Cierro la puerta y la sigo con dificultad, pues va dando brincos como un saltamontes.

—¿Ya te lo has leído? —pregunto sorprendida.

—No he podido parar de leer. Ocho horas de un tirón. Ni siquiera he hecho pausa para comer y cuando leí el final… ¡Madre mía! Pedí un favor a un amigo para que me trajera en su avión privado. Tenía que felicitarte en persona.

La miro boquiabierta.

—Solo es un libro…

Menea la cabeza y me mira como si estuviera pirada.

—No, Samantha. Este es *el* libro —subraya.

—Pues para mí no deja de ser una historia más —miento.

—Vamos a ver, ¿de dónde sacas esas ideas de un hombre amnésico que viene a dar a casa de la protagonista? Esa pasión, ese amor… Si casi me corro de gusto con las escenas eróticas que has descrito —comenta espitosa.

—Es mi trabajo —le contesto con modestia.

—Las lectoras femeninas se van a volver locas con esta historia. Nunca habías escrito nada parecido.

—Hay que innovar.

—Ya, pero es que lo describes con tanto

detalle que creí que era real.

Irene está tan entusiasmada que le va a dar algo.

—Pues no lo es —contesto enfadada.

—Eso ya lo sé.

—¿Por qué? —le pregunto. Me extraña esta contundencia.

—Porque llevas incomunicada más de tres meses en esta cabaña. Hace una semana que se puede entrar al pueblo por carretera a causa de la nieve. Menos mal que tú eres previsora.

—¿A Oblivion Town?

Me mira con cara rara.

—Cielo, ese es el pueblo de tu libro. ¿Cuánto tiempo hace que no ves a un ser humano?

Me quedo pensativa unos segundos y entonces caigo en la cuenta. La cabeza me da vueltas.

—La primera eres tú —admito.

Tengo que sentarme.

—Tienes mala cara. ¿Te traigo agua?

—Sí, por favor.

Acabo de caer en la cuenta de que he traído

mi mundo imaginativo al real.

Jason solo ha existido en mi mente, al igual que Sheila y todos los personajes con los que he interactuado. No han estado aquí. Llevo tres meses encerrada sin salir de esta cabaña, escribiendo e imaginando todo lo que escribía. ¿Cómo ha podido pasar? He sentido a Jason en mis carnes, lo he querido, lo he amado y ahora incluso lo echo de menos.

Me froto la cara con las manos.

—Toma el agua, cielo —dice Irene, dándome un vaso.

Bebo con cuidado e intento aclarar mi mente, pero todo lo vivido ha sido una fantasía. He exteriorizado la historia de mi libro hasta tal punto que la he sentido real. Tanta soledad no puede ser buena. Quizá sea hora de salir un poco al mundo real.

—Irene, ¿conoces a alguno de los personajes del libro? —le pregunto.

Ella niega con la cabeza.

—¡Ojalá, porque son la caña! Más quisiera yo. ¿A qué viene esa pregunta?

—¡Madre mía, creo que necesito salir de aquí!

Me pongo muy nerviosa.

—¿Qué te ocurre?

—Estoy intentando entender.

Me levanto y voy a la habitación de invitados.

Jason dejó su ropa allí. Entro y busco por todas partes. No hay nada.

—No tienes buena cara. Deberías regresar conmigo a Nueva York unos días. Tengo el avión privado esperando —sugiere Irene.

Me paseo nerviosa y no doy crédito a la jugada que me ha hecho mi mente. Ahora pienso en Sheila. ¿Cómo iba a ser enfermera, alcaldesa, sheriff, maestra…? Es muy de ficción.

—No, tengo que aclararme aquí.

—Es que nos van a llover las ofertas por este manuscrito y deberías estar conmigo. No puedo tomar una decisión de este calibre yo sola —insiste.

—Yo te autorizo —digo sin más.

—¿Qué te ocurre, Samantha?

—No me creerías —contesto y me río nerviosa.

—Inténtalo.

—No, no.

—¿Quieres que me quede contigo a pasar la Navidad?

—No, lo que quiero es quedarme sola y pensar. No te lo tomes a mal. Si te necesito, te llamaré a ti la primera.

No quiero que se preocupe por mi locura transitoria.

—Me quedaré unos días en un hotel en Ontario, por si las moscas. No te veo bien…

—Irene, tranquila. Es Navidad. Vuelve con los tuyos —insisto.

La abrazo para tranquilizarla.

—Está bien, pero que sepas que este libro es lo mejor que ha salido de esa cabecita. Te quiero, Samantha.

—Y yo a ti.

Se va y me quedo aturdida.

Voy a por el teléfono y reviso las llamadas hechas por mí. Solo tengo las de Irene, nada más. Me echo a reír como una loca desquiciada.

—He escrito un libro que me he creído, he vivido y estoy sufriendo por alguien que no existe. ¡Feliz Navidad! —grito al aire.

Me lleno una copa de champán y me la bebo.

—¡Feliz locura, Samantha Nelson!

Y así, brindis tras brindis, trato de sobrellevar lo que me ha pasado.

Llega la noche y estoy medio colocada por el alcohol. De pronto, escucho un ruido fuera y cojo la escopeta de la pared. Salgo con lo puesto. El alcohol me hace valiente.

—¿Quién anda ahí? —grito de manera amenazante.

Otra vez un leve ruido que viene del cobertizo.

Me acerco y me encuentro a un hombre malherido tirado en la nieve. Me echo hacia atrás. Parpadeo varias veces.

—Esto no es real, esto no es real —me repito una y otra vez.

—A-yu-da… —gime el hombre.

—¡Tú no existes, estás solo en mi mente! —le grito.

Echo a correr hacia la casa y cojo el teléfono satélite. Llamo a Irene, que me responde al momento.

—¿Qué pasa, Samantha?

—Irene, creo que me estoy volviendo loca y tengo alucinaciones —sollozo.

—¿Por qué dices eso?

—Porque tengo un hombre malherido tumbado en la nieve al lado de mi casa.

—¿Como en tu libro? —grita.

—Sí, por eso creo que me lo estoy imaginando —confieso.

—Vuelve y pon el teléfono a su lado —me ordena.

Regreso corriendo adonde está el herido, pero sin soltar la escopeta.

—¡Di algo! —le grito y le arrimo el teléfono.

—A-yu-da… —repite él.

—¿Has escuchado algo? —le pregunto a Irene.

—Samantha, no estás alucinando. Ahí tienes a una persona pidiendo ayuda.

El teléfono se va al suelo, al igual que la escopeta.

Me inclino para ayudar al malherido y palidezco al ver al hombre más guapo que ya he imaginado una vez. Tengo delante de mí a mi Jason. Miro al cielo y doy gracias, pues los milagros en Navidad sí que existen. Greg tenía razón: no hay que perder la fe. A las personas buenas les ocurren cosas buenas. Feliz Navidad.

PUEDES ENCONTRARME EN:

@amandaseibiel

Amanda Seibiel

www.amandaseibiel.es

En realidad este libro nunca llegó a escribirse,
todo ha sido fruto de vuestra imaginación.

Printed in Great Britain
by Amazon